捨てたい人 捨てたくない人

群ようこ

幻冬舎

捨てたい人 捨てたくない人

もくじ

捨てられない姉 捨てさせたい妹 …… 5
息子の嫁の後始末 …… 59
本好きとフィギュア好きの新居問題 …… 87
溜め込みすぎる母 …… 143
夫の部屋 …… 173

装丁　芥陽子
装画・挿画　梅本香子

捨てられない姉
捨てさせたい妹

引っ越しのために、物を処分しているトモコの後ろで、十四歳下の妹のマイは、手伝おうともせずに、段ボール箱の上に腰掛けて、あれやこれやと話しかけてくる。それもトモコが知らない韓国ドラマや、ハイブランドの新作の服やバッグ、美容関係、フードデリバリーの男性たちの話である。その合間に自分の欲しいものが出てくると、目ざとく、

「あ、それちょうだい」

と、ちゃっかり手を伸ばしてくるのだ。

「これ？　ずいぶん前に買ったストールだけど」

「カシミアでしょ。リリちゃんのベッドに敷いてあげるものが欲しかったのよ」

自分の顔まわりにつけていたものが、チワワの尻の下に敷かれるのかと呆れたが、

面倒くさいので何もいわずに彼女に向かって放り投げた。

「よかった、リリちゃんも喜ぶわ。ありがとう」

彼女は両手でキャッチして、小首を傾げてにっこり笑った。これに男はやられるんだなと思いながら、トモコは、

「いいえ、どういたしまして」

と、台詞《せりふ》を棒読みするような返事をした。

トモコは中学生のとき、両親から、

「きょうだいができる」

と聞かされて、

「ええっ」

と叫んだきり、何もいえなくなった。今まで一人っ子として育ってきたのに、これから家に赤ん坊が生まれるなんて、ただただびっくりするしかなかった。今から考えれば、両親はまだ三十九歳だったし、子どもができたとしてもまったく問題はないのだが、思春期のトモコは、きょうだいがどうのこうのというよりも、両親がしたこと

の結果が現実になるのを知って、ただただ恥ずかしい気持ちしかなかった。

　生まれたとしても、友だちにはいわず、黙っていようと思っていたのだが、母親の妊娠は町内のおばさんたちに広まり、そこから息子、娘である同級生の知るところとなった。

　女子たちは、

「へえ、赤ん坊、かわいいじゃん。楽しみだね」

といってくれる子もいれば、自分と同じように、

「ええっ？」

と驚く子もいた。トモコも、

「そうなの、びっくりなの」

というと、彼女たちは、

「あー」

といって黙ってしまった。こちらのリアクションのほうが、トモコの気持ちに近かった。

　一方、男子は、男女の営みのほうに興味が集中しているらしく、にやにや笑いなが

ら、

「いつ生まれるの？」

と聞いてくる。

「知らない」

と嘘をつくと、彼の隣にいる男子が、

「おれは母ちゃんから、十一月だって聞いたぞ」

などと余計なことをいう。すると二人は数を数えながら指を折りはじめ、

「そうか、このあたりでやったのか」

などといいながら笑っていた。トモコは人との争いを好まない性格だったが、さすがにこのときは、

（こいつらだけ、給食のシチューに画鋲《がびょう》が入っていればいいのに）

と本気で呪ったものだった。

彼のお母さんが息子にいっていたとおり、十一月に妹が生まれた。生まれるまでは、ただただ恥ずかしく、母の姿もまともに見られなかったが、妹が生まれてみると、とてもかわいらしく、恥の気持ちはどこかに飛んでいった。トモコもできる限り面倒を

見たが、久しぶりに家に赤ん坊がやってきた両親の溺愛ぶりは相当なものだった。父親は写真を撮りまくり、母親はせっせと愛らしい服を選んでは着せていた。

母はよく、トモコが幼いときは、男の子に間違われたといっていた。アルバムを見るとたしかに、愛らしい表情で写っている写真は少なかった。特に赤ん坊のときは仏頂面がひどく、眉間にいつも皺が寄っていて、何でこんな顔をしているのだろうかと、我ながら不思議に思ったくらいだった。

そして自分の顔よりひどかったのが、写真横の、ひよこの絵が描いてある、ひとこと欄の両親の言葉だった。「弟子が全員負け越して機嫌の悪い親方」「賄賂《わいろ》でつかまった悪徳政治家」「誰かを殴ってやろうと狙って、おててがグーになっているトモちゃん」などと書いてある。最初に生まれた赤ん坊の顔で、こんなに遊んでどうすると腹が立ったが、両親は無邪気に、アルバムを見返しては、

「トモちゃんは男の子としかいわれなかったわよね」

「あれほどの仏頂面だからね。近所の人が声をかけてくれても、『お前、誰?』という顔でにらんでいたし。たまに『ぶーっ』て、口をとがらせて返事をしていたけど」

と笑うのだった。かわいそうと哀れまれるよりは、笑われたほうがまだましだった

が、親がこれだけ笑うのだから、きっと近所でも笑いものになっていたに違いないと、トモコは忸怩《じくじ》たる思いでいた。

そうはいいながらも、両親がとてもかわいがってくれたのは、トモコもよくわかっていた。言葉が出るようになり、近所の人たちに拙《つたな》いながらも、挨拶ができるようになると、「ちゃんとご挨拶ができるようになりました」と、お辞儀をしている姿も写真に残っていて、これ以降は、親らしい愛情あふれるコメントが続いている。トモコの人生の汚点は、赤ん坊時代なのだった。

一方、マイは赤ん坊のときから、天使のような愛らしさだった。両親だって、親方や悪徳政治家よりは、天使のほうがかわいいに決まっている。フリルのある服もピンクや赤の色もとてもよく似合った。トモコは髪が真っ黒で直毛なのに、マイは茶色っぽくて自然に巻き毛になる。トモコは寒色系でシンプルな服ばかりを着ていたが、マイは暖色系で過剰なデザインのもののほうがよく似合った。姉妹なのに、どうしてこんなに違うのだろうと、両親は首を傾げていたが、お人形のようなマイに、愛らしい服を着せるのが、両親のいちばんの楽しみになっていた。

それに対しても、トモコは自分がないがしろにされている気持ちも、嫉妬も感じなかった。自分があんなひらひらした服を着ろと、強制されるほうがずっといやだった。その点、両親は子どもに似合うものを選んで着せてくれていたのだろう。大学生のときに、幼稚園に通うマイに似合いそうな服を選んであげたことも何度かあった。そのたびに彼女が、

「おねえちゃんがえらんでくれたの」

と大喜びして、近所のおばさんたちにも自慢してくれたのがうれしかった。

トモコは小学校、中学校、高校、大学とすべて公立校を卒業して、全国に展開しているスーパーマーケットの経営会社に就職した。問題が起きない限り、定年になるまで勤め続けようと考えている。一方、マイは、私立大学の付属幼稚園に通い、大学卒業までそのまま進学したので、受験というものを経験していなかった。トモコは高校、大学と受験の辛さを経験していたこともあり、中学、高校とメイクをして通学し、きゃあきゃあと騒いで学校生活を送っている妹の話を聞くたびに、

(こんなことでいいのか?)

と心配になっていた。

一生懸命に勉強したのに、受験した学校に不合格だったときのがっかり感とか、合

格したときのうれしさとかを知らず、幼稚園から大学卒業まで、挫折を味わえない学校生活を送る。両親も、マイの楽しい学校生活を、好ましく思っているふしがあった。どうしようもないほど成績が悪かったり、素行が悪かったりしなければ、落第もせずに進級できてしまう妹にトモコは不安を感じたのだった。

当然ながら本人は、不安などみじんも感じておらず、楽しいだけの毎日を送っていた。そのうえ大学生のときに、通っている大学主催のミスコンの、グランプリではない、次点ランクのミス何とかに選ばれて、ちやほやされて喜んでいた。姉としてうれしくなかったわけではないが、両親が手放しで妹をかわいがるものだから、自分がそのストッパーになって、世の中は甘くないと、妹に教えなくてはと思うことも多かった。

トモコは会社に勤めてすぐ、地方の店舗に配属されて、実家を離れて一人暮らしを経験した。大きめのトランク一個だけ持って、会社が手配してくれた、六畳ほどのスペースに小さなキッチンがついた、ワンルームマンションが生活の場になった。家を出るときに、小学生だったマイが、母の体にしがみついて、とっても悲しそうな顔をしていたのをよく覚えている。

三年経って本社に戻ってきたのと同時に実家には戻らず、今住んでいる部屋で一人暮らしをはじめた。一人暮らしの快適さを知ったのと、中学生になろうとしている美少女の妹と、彼女を溺愛する両親とで、実家にはひとつの世界が出来上がっていて、再び自分がこの中に入るのは、面倒くさそうだし、うまくいきそうもないと判断したからだった。毎年の正月三が日は実家で過ごしたけれど、トモコは頻繁には実家に帰らず、家族とは距離を置いて過ごしていた。

三十六歳になったとき、トモコは昇進して部下がいる立場になった。マイは大学卒業を目の前にしていたが、就職活動をしているふうでもなく、相変わらず友だちと遊びまわって過ごしているようだった。正月に実家に帰ったとき、両親がいないところで、

「就職はどうするの」

と聞いたら、パパとママにはいってないけどと、前置きをして、

「結婚する」

といったのでびっくりした。昭和の昔ならともかく、今どき学校を卒業してすぐに結婚する。そんな子がいるのかと驚いていたら、

「人生、楽なほうがいいじゃーん」

と笑っていた。そしてその通り、卒業と同時に彼女は結婚した。

相手は起業家の三十歳だった。十億単位の資産を持っているといわれ、トモコもインターネットの「若き起業家に聞く」という特集で、彼が紹介されているのを見た記憶があった。マイの話によると、彼は結婚願望が強く、大学のミスコンを見に行っては、好みのタイプを物色していて、私を気に入ったのだと得意げだった。男女の出会いはいろいろあるのは当然だけれど、

「マイちゃんはそれでいいの」

とトモコは聞かずにはいられなかった。

「だってたくさんの女の子のなかから、私が選ばれたんだよ」

彼女はただ素直に喜んでいた。その話は両親にはしておらず、知人の紹介で出会ったとしかいっていなかったようだが、相手の性格はよさそうだし、妹が生活に困らないという点で、両親の彼に対する評価は高かった。身構えて会ったトモコも、想像とは違って感じのいい青年だったので、少しほっとしたけれど、立ち居振る舞いについては違和感があった。若い起業家で資産をたくさん所有している男性は、こう振る舞

わなくてはいけないといった、自然体ではない意識を感じてしまったのだ。それでも妹、両親がいいというのなら、仕方がなかった。人生は実直がいちばんと思っているトモコの気持ちと裏腹に、問題もなく結婚話は進んでいった。

しかし三年後に二人は離婚した。理由は彼の浮気だった。一方的に「好きな人ができたから別れて欲しい。これからのきみの生活面は、絶対に保障するから」と懇願された。お金は積むからこれで許してくれということだったらしい。浮気相手はモデルの、マイよりも若い女性だった。さすがの妹も、多少はめげているのではと心配したのに、会ってみたら、

「タワマンもらっちゃった。お金も毎月もらってるよ」

と明るかった。それが彼女のいいところかもしれないが、ちょっとは人としての悩みというものはないのかと呆れた。

「喧嘩したりとか、文句をいったりしなかったの?」「うん、いちおう、『やだー、何それ』っていったけど、仕方ないね」

妹は妙にあっさりしていた。両親は両親で、心配はしながらも、お金で苦労しないのなら、まあいいかといったスタンスで、トモコは自分だけが極端な心配性のように

感じた。

そして今は、一生、働かなくても困らない妹が、これから都心にある狭い部屋に引っ越そうと、荷物を整理している姉の背後で、暇つぶしをしている、といった状況なのである。

「ここのマンション、どのくらいの広さだっけ？」

きょろきょろとあたりを見回しながらマイが聞いてきた。

「六十平米ちょっとかな」

「ふーん。次は？」

「四十二くらい」

「狭くなるね」

「マイちゃんのところは広いよね」

「うん、百二十あるかな」

離婚した直後、一度だけ彼女が住むタワーマンションに行ったことがあった。そこは別れた彼が、仕事のプランを練るために持っていた物件で、離婚の際にマイの趣味に合うように内装を整えて、名義変更をしてくれたという。エントランスから豪華で、部屋は二十一階にあった。印象としては、白と金の室内だった。広いリビングに置かれた、大きなソファにもたれかかっている、ピンク色のセーターに、白いプリーツスカートを穿《は》いている妹は、どこか堂々としていた。一方、居心地が悪くてソファに膝を揃えて座っている、紺色のセーターにグレーのパンツ姿の自分は、明らかに場違いな気がしていた。愛犬のリリちゃんは、興奮して広い部屋のそこいらじゅうを走り回っている。リリちゃんの天蓋付きのベッドが、自分が持っているいちばん高いショルダーバッグの三倍の値段と知って、びっくりした覚えがある。そして彼女が出してくれるお茶が、すべてペットボトルからのものだったのも、ちょっと気持ちが落ちたのだった。

「マイちゃんの部屋は広いから、掃除をするのも大変でしょう」

「お掃除や片づけや料理はね、ツムラさんがやってくれるから」

「ツムラさん？」

ツムラさんというのは、トモコより少し年上の通いのお手伝いさんだそうだ。

「そんなことまで人に頼んでるの？」

「だって今までやったことないもん」

「他にやることがないんだから、ちょっとはやりなさいよ」

「やりたいことと、やりたくないことがあるから。家事はきらいなの。結婚していたときもお手伝いさんがいて、何もしなくてよかったし。でも結婚してすぐ、元ダンが車を買ってくれたときは、運転免許を取るのはがんばったよ」

彼女はちょっと胸を張った。のんきに暮らしてきた彼女が、唯一、自慢できることなのかもしれない。トモコが、

「そうね、免許を取るのも大変だからね」

と褒めると、彼女はうれしそうに笑い、そして再び、部屋を見回した。

「ねえ、どうしても引っ越さなくちゃいけないの？　部屋が狭くなるんだったら、引っ越さなくてもいいじゃない」

「通勤時間を少しでも短くしたいからね。ここに引っ越したときは、広さ優先だったから、急行が停まらない駅で、駅から徒歩十五分かかってもいいと思っていたんだけど、四十過ぎるとね、通勤時間が長いのは辛いのよ。特に真冬の夜の徒歩十五分はきつくて」

「ふーん、そうか。ここに来るのに高速に乗ったらすぐだったけどね」

「このあたりの高速の出口は、便利な場所にはないでしょう」

「それはそうだね。じゃあ、いいじゃん。次の部屋は会社に通うのに楽なんでしょ」

「部屋から駅まで五分、会社へは電車で十五分くらいかな」

「やったー」

「でも都心に近づけば近づくほど、家賃が同じだと、部屋が狭くなるのよね。だから物も入らないから、こうやってですね、毎日、少しずつ物を減らしているわけです」

「そうだよね、私の部屋の三分の一くらいの広さしかないものね」

嫌みでも何でもなく、マイは素直に感想を述べた。

「今度は1DKですからね。部屋はマイちゃんのウォークインクローゼットくらいの広さだし。最低でも一部屋分の荷物を減らさないと」

トモコは押し入れの引き出しにしまいっぱなしの、小物類の整理をやっと終えた。物を捨てられない性格のため、入社当時に購入した、スカーフ、マフラー、ストールを全部とってあった。タイツやソックスのうち、ややダメージがあるものも山のように出てきた。今は使わないかもしれないけれど、何年か後に使うようになるかもしれない、捨てるのはもったいないと残しておいたのに、結局、再び使う日は来なかった。

ここで思い切らないと、使用感にあふれた首巻き集団と、毛玉がついたタイツと、一生、一緒に暮らすことになるだろう。

小物の柄行きは寒色のチェックやストライプや無地なので、ゴージャスでロマンティックなタイプのマイには似合わない。リリちゃんにどうかと、

「このマフラーもお尻の下に敷けない？」

と、紺とグレーのストライプのマフラーを見せると、マイは首を横に大きく振りながら、

「リリちゃんには合わない。さっきの淡いグレーのストールだったら、まあ、いいんだけど」

と珍しくきっぱりといいきった。

（まあ、いいんだけど、とは何だ。私が働いて買った、そこそこ高かったストールだぞ）

とちょっとむっとしながら、キッチンのシンク下の物入れから、ゴミ袋を取り出して、山になった小物類を詰めはじめた。

それを手伝おうともせず、マイはじーっとその作業を眺めている。トモコも妹に手

伝ってもらおうなどという気持ちはないので、何もしてくれないという不満も持たず、不要になったものをわしづかみにして、「もったいない」という言葉と感情を一緒に捨てるつもりで、ゴミ袋に詰め込んで口をぎゅっと縛った。

「わあ、ひとつできた」

マイは座りながらぱちぱちぱちと手を叩いている。

「ご声援、ありがとうございます」

トモコは淡々と返事をして、次にクローゼットを開けた。

ここには通勤に着ている服がずらっと並んでいる。紺、グレー、茶の色しかないクローゼットの中を見たマイからは、

「男の人のクローゼットみたいね。元ダンのクローゼットでも、もうちょっと色があったけど」

といわれた。トモコは、

「ああ、そうでしょうね」

といいながら、ハンガーにかかったままの服を床の上に広げて置いた。

不要品を整理するときには、まず収納してあるものを全部出すのがコツと、新聞記

事に書いてあったのでやってみたのである。すると今まで座ってのんきそうにしていたマイが、コート、ジャケット、パンツ、スカートに分けて並べはじめた。のんきで受け身の人生を歩み、姉の部屋の何倍もの広さのタワマンに住んでいる妹でも、少しは手伝おうという気持ちが芽生えたらしい。と思ったら、服のラベルを調べはじめた。服のブランドをチェックしているようだ。

「何かありますか」

全部を床の上に広げ、はあ、とため息をついたトモコが、マイに聞くと、

「うーん、どれもあまり価値がないよね」

という。彼女のいう価値とは、ハイブランドであるという意味らしい。

「そんなのもとから持ってないもん。マイちゃんは違うでしょうけどね。パンツやスカートは、通販で試しに一着買って、よかったら色違いを買ったりしたからね。お洒落も大切だけど、私にとっては労働着だから、着やすいのがいちばんなのよ」

それを自分に対する非難と勘違いしたのか、マイは小さな声で、

「そんなつもりじゃないよ。たしかに私は働いてないけど……。お姉ちゃんのことはとても立派だって尊敬してるから」

といった。

「わたくしは、学校を卒業して二十年、よくがんばってきましたよ。ほんと。びっくりしちゃう」

トモコは紺色のフード付きのオーバーコートに手を伸ばした。ちらりとマイのほうを見ると、神妙な顔をして、床に広げた服をきれいに整えていた。トモコはこのコートを着ていた頃を思い出した。

地方から本社に戻って営業企画部に配属されたとき、これまでの店名のロゴに加えて、キャラクターを作るという話になり、そのチームに加えられたのだった。イラストレーター選びから、ギャラの交渉まで、細かい仕事がトモコに降りかかってきて、忙しいなどという状態ではなかった。話が順調に進んでいるなかで、社長の心変わりによる、イラストレーターの変更もあり、忙しいだけではなく心労も多かった。ある日、トモコは一瞬、くらっとして、駅の階段を踏み外し、五、六段、転げ落ちた。幸い頭は打たず膝を階段の角に打ち付けたくらいで済んだが、買ったばかりのこのコートの前身頃の裾が裂けてしまった。

トモコにしては大枚をはたいたので、何とかならないかと、買ったときにくっつい

てくる小さな布きれと一緒に、近所のリフォームショップに持っていったら、

「この布を捨てる人がいるんですけどね、こういうときに助かるんですよ」

とお店の人に御礼をいわれた。その布きれを裏からあてがい、職人さんの手でどこに裂け目があるか、まったくわからないくらいに修繕してくれたのだった。またそれを着て、上司から与えられた難題のために、あちらこちらに出向いては、頭を何度も下げてやっとプロジェクトは成功し、今はそのキャラクターが店舗の顔になっている。


寒くなると毎日そのコートに袖を通していたものだから、だんだん古びてきた。仕事で人に会う機会が多く、そういった服を着るのはためらわれ、のちに新しく買い直した。しかし処分するのはもったいないので、そのままハンガーに掛けておいたのだ。


これも処分の対象かと考えると、寂しくなってきた。このコートの暖かさで救われたことも多かった。うーんとうなりながら、眺めていると、マイがふっと顔を上げた。

「お姉ちゃん、それ」

「えっ、このコート?」

「うん、よく覚えてる」

「あら、そう?」

「お正月に着て来ていたでしょう。私が中学生くらいのときだったかな。お姉ちゃんが階段から落ちて、怪我をしたっていってた。そのときにコートが破れたのを直したって」

「そうなの、このコートを着て転んだのよ」

「そのときにね、お姉ちゃん、階段で転んで怪我して、コートが破けるほど仕事してるんだって。かわいそうになっちゃったの」

「それが会社員の現実ですからねえ……。わかった、それでマイちゃんは、働きたくなくなったんだな」

トモコが冗談めかしていうと、彼女はえへへと笑っていた。

「まあ、人生は人それぞれですからね。いいとか悪いとかはありませんから」

トモコはつぶやき、手近にある服をチェックしはじめた。着心地のいいジャケット、ブラウス、組み合わせがきくスーツ、暖かいパンツ。どれもこれもこれからの自分に必要な気がして、処分するものを選べない。色もデザインもそれほど変化がなく、自分でも同じものばかりとわかっているのに、なぜか処分できない。ただ目の前の服を、右、左と動かしているだけだった。

どうしたものかとため息をついていると、マイはトモコの心中を見透かしたように、

「今度の部屋のそばに、トランクルームを借りたらいいんじゃない？」

と提案してきた。

「そんなことできるわけがないでしょう。今と同じくらいの家賃の狭い部屋を選んだのだから、そんな余裕なんかないわよ」

「でもお給料は上がるんじゃ……」

「あのね、今はお給料が上がることなんて、期待できない時代なの。日本のお給料の上昇率なんて、外国に比べてどんどん下がっているんだから。インターネットにいくらでも情報があるわよ」

「ふーん、そうなんだ」

「あなたもよーく、考えたほうがいいわよ。住む部屋はあるかもしれないけど、このままずっと何もしないで家にいるっていうのは、どうなのかしら？　生活に必要なお金の全部を、別れた男性に頼っているのって危険じゃない？」

トモコは自分でもだんだん愚痴っぽくなってきたのはわかっているが、やはり三十歳を前にしても、まだまだのんきな妹に、ひとこといわなければ気が済まなかった。

「それは大丈夫。元ダンの友だちが、私がタワマンを出るときは、買い上げてくれるっていってたし」

「そこを出たらどうするの」

「実家に戻って、子どもたちの英語教室でもするわ」

たしかに彼女は英語が得意だったが、考えているようにうまくいくとは思えない。

「それじゃ、両親の面倒も見てくれるのね」

「それはちょっと……。でも大丈夫、タワマンを売ったお金で二人で施設に入ってもらったらいいと思ってて……」

トモコは、えっと驚いたが、よく聞いたら、施設に入所の話は、両親もすでに了承済みだという。

「パパもママも、子どもたちには迷惑はかけられないっていっていたから」

トモコはしばらく黙っていたが、

「ああ、そうですか」

と静かにいって、再び床の上の衣類の選別をはじめた。

すぐにいらないと判断できる服もあれば、悩むものもあった。いらないと思うのは、必要に迫られて妥協して買ったり、通販で買ったりしたのはいいが、着心地がよくない服だった。悩むのは多少、問題があったとしても価格が高いものだった。どう考えてもこれからの自分には似合わなそうなのに、値段が高い服はどうしても処分しづらい。

「いらない服はどうしてるの？」

ぼーっと床に並べた服に目をやっていた彼女に聞いてみた。

「えっ、いらない服なんてないよ。みんな素敵で大好きだもん。学生のときの服は実家に置きっぱなしだけど、元ダンに買ってもらった服は全部残してる」

「一着、二十万とか三十万とかする服ばかりなんでしょ」

「うん、でも新しいのが出ると、ショップの人が連絡をくれるから、やっぱり買っちゃうかな」

「それじゃ、増えるばかりじゃない」

「うん、でも入れるところはいっぱいあるからね、平気なの」

「ああ、たしかにね」

彼女の寝室のクローゼットとは別に、八畳ほどの広さのウォークインクローゼットもあるのだから、服やバッグは買い放題だろう。世の中には物を処分するのに頭を悩ませたことがない人たちも、たくさんいるに違いない。自分は物を減らさないと、狭い引っ越し先に入らないので、どうしてもやらなくてはならない。そんなこととは一生無関係で、物が増えたらそれに従って広い場所に引っ越したり、新たに別のスペースを借りたりして、どんどん増やすことが可能な人たちもいるのだ。

トモコは劣化の状態やデザインの問題で、明らかに処分するべき服を部屋の隅に寄せ、迷ったほとんどの服にあらためて袖を通し、マイにどう見えるか感想を聞いた。しかしどれを着て見せても、「うーん」と顔をしかめる。このまま彼女の判断にまかせていると、服の量は格段に減るけれども、会社に着ていく服すらなくなってしまいそうだ。

「どうしてだめなものばかりなのかしら?」

通勤やふだんに着ていた服なのにと、トモコはため息をついた。

「暗く見えるんだもん。お姉ちゃん、もっと明るい色を着たほうがいいんじゃないの。せっかく女の子に生まれたんだから」

マイが珍しくきっぱりという。トモコは、

(四十三歳は女の子じゃないよ)

と腹の中で文句をいいながら、

「あーあ、どうしたらいいですかねっ」

と気合いを入れるために、大きな声を出してみた。そして、自分が持っている服を地味だといった妹マイに対して、

「私は華やかな柄や色が似合わないタイプなの。それにドレッシーな服もね。会社にふさわしい服があるから、どうしてもそれが中心になるの。私がピンクのひらひらしたワンピースを着て、会社に行けると思う?」

とトモコは聞いてみた。

「あはは、それはない。それはないわー。お姉ちゃんが女装したみたいになっちゃう」

マイは笑った。何だそれはと呆れながら、的を射ているので納得せざるをえなかった。

すると、突然、

「そこにある服、ちょっと着てみて」

という。

「えっ、これ全部」

「うん、ちょっと着て見せて」

面倒くさいと思いつつ、マイの顔を見ると、珍しく真顔になっている。

「どうして?」

「どんな感じになるのか見たいから」

仕方なくトモコが処分外候補の服を次々に着て見せると、マイは、「胸元に変な皺が寄っている」「アームホールが大きすぎる」「肩幅が大きい」「体と服のパターンが合っていない」などと、厳しいだめ出しの連続で、彼女がよろしいと判断した服を残したら、一年を通じて、コート、ジャケット、パンツ、スカートが二枚ずつ、シャツ、ブラウス、セーターも二枚ずつしか残っていなかった。

「たったこれだけじゃ、通勤するのには無理に決まってるじゃない」

トモコが不満をあらわにすると、マイは、

「他の服は持っていてもしょうがないよ。そもそも体に合っていないんだし。服は体が入ればいいっていうわけじゃないのよ。それとお姉ちゃんのキャリアには合わないっていうのかな。残したのは仕立てがよかったでしょ」

といいきった。たしかに彼女のお眼鏡にかなったものは、ボーナスが支給されたときに、トモコががんばって買ったものばかりだった。しかしふだん着ているものよりも、値段が高いので、もったいなくてほとんど着ていなかったのだ。

「数はある程度、必要なのよ。仕事先の人と会ったときに、いつも同じ服を着ているわけにはいかないし。クリーニングに出したくても、これじゃ替えの服がないわ」

「仕事先の人だって、いちいちお姉ちゃんの服なんか覚えてないんじゃない？　だって、残した服だって、ほとんどデザインは変わらないし」

と自信ありげなのだ。階段から落ちて破いたのを修繕したコートは、保留扱いになった。

仏頂面の姉が気になったのか、

「ちょっと待ってね。お姉ちゃんにあげられるようなものがあるかなあ」

と首を傾げながら、マイは足を伸ばして床に座り、ピンクパールのキーリングがついたケースに入った、最新型のスマホをハイブランドのバッグから取り出して、スクロールしはじめた。

「そのバッグで、私の年収くらい、軽くいっちゃうかもね」

「うーん、わかんない。でもね、今売ると、買ったときよりも高いらしいよ。びっくりだね」

マイは画面から目を離さない。トモコは、

（あんたが働いて買ったものじゃないから、どうでもいいことなのかもしれないね）

と心の中でつぶやいた。

あまりにスクロールし続けているので、トモコも気になって隣に座って画像を見ると、ものすごい勢いで、カラフルな画像がスマホの画面上をすっとんでいく。

「まだあるの？」

画像は途切れる気配がない。

「うん、友だちにあげたのが二、三枚あるくらいで、あとは全部とってあるから」

自分とはまったく縁のない、プリント、フリル、シースルー、ギャザーがてんこ盛りで、横から見ているだけで、目がしばしばしはじめた。私が着られる服なんて、あなたが持っているなかにあるわけないのよと思いながら、トモコが離れようとすると、マイが、

「これどう？　一度着たんだけれど、ばばくさくって似合わなくて、そのままになってたんだ。これ、お姉ちゃんに似合いそうだけど」

とスマホを差し出した。

「はあ？」

（ばばくさいものを私にだと？）

とむっとしながら拡大された画像を見ると、紺地に白の抽象的な花柄のプリントで、襟はボウカラーになっている。

「スーツのインナーでも着られるし、ボトムスがパンツでもスカートでもいけるし。会社にも着ていけるでしょ」

「うーん、そうだね。いいかもしれない」

「おしっ、他にもあるかどうか探してみる」

マイは急に目を輝かせて、スクロールに勢いがついた。しばらくするとまた、

「これもいいよ。これも着たらばばくさかったんだ」

「えーっ、またばばくさい服なの？」

「えへへへ、私がっていう話」

マイは笑いながら腕を伸ばして、スマホの画面をぐいっとトモコの顔に近づけた。

「私にはフリルが細くて、老けて見えたんだけど、お姉ちゃんにはちょうどよくない？」

細いフリルの白い立ち襟ブラウスで、右身頃には縦に一本、左身頃には二本の同様のフリルがあしらわれている。襟ぐり、前立て、カフスの部分に、濃紺の細いパイピングがあるのがポイントらしい。

「プリントばっかりだから、無地もあったほうがいいかなって、つい買っちゃったんだけど、だめだったの」

トモコは拡大された画像を見ながら、

「フリルなんか着たことないよ」「似合うかな」

と小声でいっていると、マイはどんどんとトモコの肩を叩き、

「平気だよ。これのどこが派手なの。まだばばあじゃないんだから、ばばくさい格好をすることないよ」

と笑った。

「ということは、わたくしのこれまでの通勤の姿は、ばばくさいということですか」

とじっと妹の顔を見た。すると彼女はくるんときれいに上を向いた長いまつげの目を見開いて、

「はい、そうですよ」

と笑っている。

「はあ？」

思わず悲しい声が出てしまった。「ばばくさい」という言葉が、ものすごい勢いで頭の中に湧いてきて、ぐるぐると回り出した。

「だって、だって、相手に不愉快な思いをさせちゃいけないし……」

「でもそれとばばくさいは関係ないんじゃない？」

「もう、何度もばばくさいといわないで！」

思わず声を荒らげると、マイは、

「お姉ちゃんの着てた服って、男性のスーツの女版みたいなものでしょ。もうちょっと華やかにしてもいいんじゃないの」

「あのね、職種が違うの。仕事にふさわしい格好っていうのがあるのよ。私の仕事は、おしゃれよりも信頼がおける要素が大切なの」

とトモコは鼻息を荒くして、マイの顔をにらみつけた。文句をいってくるだろうと構えていたら、彼女は、

「お姉ちゃんにこの二枚、あげるね。きっとよく似合うよ」

とにっこり笑った。そうだ、彼女は争い事が嫌いな優しい子だったと思い出し、年の離れた妹相手に、本気で怒ってしまった自分が恥ずかしくなってきた。

「ありがと」

礼をいうと、マイはうれしそうにまたにっこり笑った。

しかし二枚のブラウスが増えたとしても、これで通勤用の服がすべてまかなえるとは、とても思えなかった。

「そんなことないよ。お姉ちゃんがそういうんだったら、男の人のスーツと同じで、インナーやボトムスを替えればいいんだよ」

マイは真顔でいい、週五日の勤務用に、ジャケットを中心に、ある日はパンツ、ある日はスカート、そして枚数が増えたブラウス、シャツを組み合わせたパターンを、床の上に並べてみせた。

「スカーフとか、ストールとか持ってるでしょ。それを使ったら大丈夫」

たしかに五日分のコーディネートパターンは整った。

「でも、これの繰り返しだったら、一週間ごとに同じ格好をしてるってわかっちゃうよね」

お抱えスタイリスト化したマイにたずねると、

「お姉ちゃん、会社の人の、一週間前に着ていた服って覚えてる？」

と笑われた。たしかにすぐ近くに席がある部下の女性や男性を考えても、まったく思い出せない。

「気にしてるのは自分だけなんだよ。だから手入れをして清潔にしていれば平気なのよ」

理屈としてはそうかもしれないが、そんなに簡単に割り切れるものではない。

「それじゃあ、どうしてあなたは、あんなにたくさん服を持ってるの？　お勤めもしていないんだから、出かけるときのワンピースが七枚あればいいんじゃない」

またちょっと意地悪をしてしまったと、いった後に後悔したのだが、マイは特に気分を害した様子もなく、

「だって私の持っている服は価値があるもの」

とさらりといった。ハイブランドのテキスタイルや、質の違う布地で丁寧に縫われた既製服は、トモコがこの程度のものでいいと通販で買っていた安い服よりは、価値があるだろう。でもそういう安い服も、日常生活では便利なのだ。そういったところが、働かなくても家事をしなくてもいい身分のマイには理解できていないらしい。

しかしどう考えても、枚数が少ないと思われるので、

「せめてジャケットを、薄いのと厚いのそれぞれ一枚ずつ戻してもいいですか」

と聞いたら、

「だめ、あれは持っていても価値がない」

と断られた。

「はあ〜ん」

また情けない声が出てしまった。マイは、新しく買うのならよいという。

「あなたの薦めるブランドのものなんて、高くて買えないわよ」

「そこまで出さなくてもあるって。だってお姉ちゃん、これまでも買ってるじゃない」

とマイは自分が合格させた服を指さした。それはそうだが、ボーナスが出るときに

しか買えないので、すぐに調達できるわけではない。そんな姉の懐具合など関係なく、妹は、

「買えば？」

と軽くいってくるのだ。

「引っ越しであれこれ物入りでね。余裕なんかないのよ」

「でも家賃はほとんど変わりがないんでしょ。敷金だったか礼金だったかも戻ってくるんじゃないの」

たしかになるべく出費を避けるために、家賃はほとんど同額だし、敷金も部屋はそれほど汚れていないので、ほとんど全額戻ってくるだろうし、引っ越し業者もいちばん安いのにしたのだ。マイはぼーっとしているようでも、結構、肝心なところは覚えているのだなと、ちょっと感心した。ということは反論できないということでもある。

「新しいところに引っ越すんだから、今までの自分にさよならして、ワンランクアップしましょうよ、お姉ちゃん」

マイが笑いながら、トモコの肩を何度も叩いた。

「あのね、『今までの自分にさよなら』とか、『ワンランクアップ』とか、そういう言

葉に乗ると、お金がどんどん出ていくんですよ」

淡々とトモコが話すと、マイは、

「あははは、いえてるー、やだー」

と笑って、またスマホをいじりはじめた。何をしているのかと見てみると、何やら検索し、そしてスクロールを繰り返している。しばらくすると、彼女はまたスマホをトモコの目の前にぐいっと押し出した。

「ん？」

顔を近づけてみると、そこにはノーカラーのジャケットの画像があった。

「これ、お姉ちゃんが買ったのと同じブランドの通販。持っているのはテーラードカラーだから、ノーカラーがあると変化が付けられるよ。ボウカラーのブラウスも、フリルのブラウスもぴったり合うし」

「ああ、いいわね」

といいながら、ちょこっとスクロールして価格を見ると、十万円超えだ。前に購入したジャケットもそれに近い値段だった。私はこんな高いものを買っていいのかと、どきどきした記憶がある。なのにもったいなくてほとんど着ていなかった。

「あのジャケット、袖丈とか直してないよね」

「うん、買ったまま着られた」

「じゃあ、いいじゃん。これ買いだよ。ね、はい決まり」

マイは勝手に「カートに入れる」ボタンを押してしまった。

「えっえっえっ」

あわてるトモコにかまわず、マイはまたスクロールを繰り返し、

「ほら、これもいいじゃん」

とパンツの画像を拡大した。

「その服は、すべてとてもいいんですよ。お値段以外はね」

トモコがそういいながら見てみると、タック入りのストレートパンツだった。ノーカラーのジャケットともセットになるらしい。

「お姉ちゃんの持っていた同じブランドのパンツは細身だから、こういうのがあると、また雰囲気が変わるよ。どんなシーンでも使えるし。このブランドはお姉ちゃんに似合うのに。どうしてここので全部揃えなかったの？」

揃えたいのはやまやまだったが、一点ずつ購入するだけでも財布がぜーぜーと息切

れしたのに、他のアイテムが欲しいなどと口に出したら、ショップの人にあれもこれもと薦められて、とんでもないことになる。そのとき必要なものだけをまっすぐ見て、帰ってきたのだと話した。

「あー、あるある」

マイはトモコの細身パンツの丈をじっと眺め、ストレートのほうのサイズ表を確認して、うなずいた後、また「カートに入れる」ボタンを押した。パンツまでカートに入れるとは思っていなかったので、値段を確認しなかったトモコはあわてた。

「何でカートに入れちゃうの？」

と聞いた。

「いいじゃん、私にまかせてよ」

スマホの画面を見ようとするトモコの攻撃から身をよじって抵抗し、走ってトイレに逃げたかと思うと、

「終わりました」

とにこにこしながら戻ってきた。

「何なのいったい。二着も買ってどうするの。簡単にキャンセルできないわよ」

「もう、これはいりませんね」

トモコの言葉には返答せず、マイは、自分が不要と判断した姉の服を、たたんで部屋の隅に積みはじめた。

「ちょっと、どういうつもりなの？」

急にせっせと動きはじめたマイの背後から何度もたずねると、彼女はにっこり笑って、

「引っ越し祝いに買ってあげるから、これ、処分するね」

といった。

「ええっ、買ってあげるって……」

どう考えても十万円超えが二枚分の金額である。それを自分よりもお金を持っているからといっても、十四歳も年下の妹に買ってもらうわけにはいかない。

「ふだんならそんなことしないよ。そんなことされるの、お姉ちゃんだっていやでしょ」

「そりゃあ、そうよ」

「だから今回、一回だけ引っ越し祝いにね。あとは自分で買って。このブランド、本

当にいいよ。夏物もここで買い足しなよ」

「えっ、でも……」

マイは笑っていたけれど、ふざけているのではなく、まじめにそういっているのがトモコにもわかった。

「うーん」

「いいじゃない、こんなプレゼントは一回だけだから。私、お姉ちゃんにものすごくかわいがってもらったから、そのお返し」

「そうだったっけ」

「そうだよ、服を選んでもらったり、たくさん遊んでもらったりしたもん」

年の離れた妹を、疎《うと》ましいと思ったことなど一度もなかった。両親に溺愛されているのを見ても、嫉妬心が芽生えることもなく、

(あれだけかわいいんだから当たり前)

と思っていた。

「私、あの箱、見ちゃったの」

マイが指を差した先には、トモコが子どもの頃から持ち続けている、A4サイズの

厚い紙の箱があった。その赤茶色の箱は父親が書類入れに使っていたもので、当時はどこの文房具店でも売られていた一般的な事務用品だった。彼のほうで用済みになり、捨てるのはもったいないから、学校からのプリント入れに使いなさいといわれて、小学生のときにもらったものだった。

「ああ、あの箱。あれもなぜか捨てないで、ずーっと持っているのよね」

当たり前のように身近にあり、かさばらない箱ひとつなので、中を確認しないまま、この紙箱も新居に持っていくつもりでいた。

「何が入ってた？」

トモコが聞くと、マイはその箱を持ってきて、蓋を開けた。

「あら、まあ」

思わずトモコは声を上げた。中に入っていたのは、クレヨンで描いた絵が三枚と、テスト用紙だった。「セーラームーン」「おジャ●女どれみ」「とっとこハム太郎」とそれぞれに表題が書いてあり、それらのキャラクターを描いたようだ。そして端には金色の折り紙で折った、お花が貼り付けてある。画用紙には、「だいすきなトモコおねえちゃんへ。マイちゃん」と宛名があり、少し大きくなると、「大好きなお姉ちゃんへ。マイより」とちゃんと書けるようになっている。「おジャ魔女どれみ」については、「魔」の字を書くのに苦労したらしく、タイトルはオレンジ色のクレヨンで丸く塗りつぶしたままになっていた。

「あー、懐かしい。覚えてるわ。私の誕生日にくれたんだよね」

マイは幼いときには絵を描くのに夢中で、アニメのキャラクターを熱心に描いていた。それをトモコの誕生日にプレゼントしてくれるのがうれしくて、もちろん処分することなどできず、トモコは箱に入れたまま、ずっとそれを持ち続けていたのだった。

「こんな絵を描いていた女の子が、今はこんなふうになるとはねえ」

一生懸命にクレヨンで画用紙に絵を描いていた子が、タワマンに住んでハイブランドに囲まれた生活をするとは、誰が予想しただろう。それ以外に箱の中に入っていたのは、トモコが高校生のときに100点を取った、すでに変色している現代国語と古文のテスト用紙だった。こんなものを得意げに今まで持っていたなんて、恥ずかしくてたまらなくなった。

「私の絵なんか、とっくに捨ててるって思ってた」

マイは画用紙を手に取りながらつぶやいた。

「捨てるわけなんかないじゃない。あなたが私のことを思って描いてくれたんだもの。よく見て描いているよね。絵の才能はあったんだわ」

トモコの話を聞きながら、マイは、

「チビだったから、こういうことしかできなかったんだよね」

としみじみといった。

「当たり前よ。小さいんだもの」

「私が中学生のときは、誕生日に何をあげていたっけ」

「ハンカチとか、お花を贈ってもらった記憶はあるわ」

「子どもの私に大人のお姉ちゃんが使えるものなんて、プレゼントできなかったんだよ。買えるのはハンカチか小さな花束くらいで」

「それだって結構、高かったでしょ」

「うん、でもママが半分以上、出してくれた」

「ふふ、そんなことだろうと思っていましたよ」

二人は三枚のクレヨン画を並べて、マイが幼稚園や小学生のときの思い出話をした。

そしてふっと気がついたトモコが、

「そうだ、片づけをしなくちゃ」

と絵を箱に戻し、マイもあわてて元いた場所に戻った。

「で、何でしたっけ」

このところ、すぐに物事を忘れると呆れながら、トモコがマイに聞いた。

「私がお姉ちゃんに、ブラウス二枚と、服を二着、プレゼントするっていう話」

「ああ、そうだった、だからね、そんなに気を遣ってくれなくてもいいから」

「いいじゃん、やっとお姉ちゃんにマイが大人としてプレゼントできるようになったんだから。受け取ってよ」

「その気持ちはうれしいけど……」

せっかく妹がそういってくれたのに、それに水をさすような話にするのは抵抗があったが、トモコは姉として妹にいいたいことはいっておこうと決めた。

「わかったわ。じゃあ、今回はあなたにプレゼントしてもらうことにするね。本当にありがとう。でもね、それってマイちゃんがもらったお金だよね」

マイはちょっとびっくりした様子で目を見開き、ぱちぱちっと二度まばたきをした。

「うん、そうだね」

「せっかく私のことを思ってくれたのに、こんなことをいって申し訳ないんだけど、姉としては、もし品物をくれるのなら、ハンカチ一枚でもいいから、あなたが働いて得たお金で買って欲しかったな。働けない事情があるのなら仕方がないけれど、そうじゃないわけだし。このままラッキーといい続けて、何もしないで過ごしていくのは、どうなのかなって思うのよ」

愉快ではないことをいわれて、彼女が怒ったり悲しんだりするのではないかと心配したが、マイはうなずきながら聞いている。

「それはそうだよね。お姉ちゃんのいうことは正しいよ」

「プレゼントがどうのこうのっていうんじゃなくて、まだ若いのにもったいないなって思うの。お姉ちゃんとしては、別れた夫からもらった貯金や毎月の慰謝料から支払った高額のバッグをもらうより、あなたが働いたお金での五百円、千円のハンカチをもらうほうがうれしいのよ。そして物よりも、言葉でいってもらったほうがもっとうれしいかも」

「そうだよね、私も働こうって考えたことはあったんだけど、その一歩が踏み出せなかったんだよね。今がとっても楽だから、そのままずーっと流されていっちゃったんだね。声をかけてくれたショップの人に連絡してみようかな」

懇意にしているショップに、前々からインフルエンサーとしてSNSに紹介させて欲しいといわれていたという。それには金銭の授受が発生するらしい。

「ああ、インフルエンサーね」

さらっとトモコは流したものの、その言葉を部下が話しているのを耳にして、インフルエンザによく罹《かか》る人と勘違いしていたという話は、姉の立場として妹にはしなかった。ごく一般的な会社に勤めているトモコにとっては、インフルエンサーというのも、大丈夫？　といいたくなるような仕事だが、本人が少しでも収入を得ようと労働意欲が湧いたのを喜ぼうと、前向きに考えた。

「自分が本当にしたくないことは、ちゃんとしたくないっていわなくちゃだめよ。ずるずるしていると、いいように使われる場合もあるからね」

「うん、でもいい人たちばかりだから大丈夫だよ」

「それがね、仕事をしているとね、そして特にお金がからんでくるとね、世の中はそうもいかないの。いやな話だけど」

マイはきょとんとしていたが、それ以上、トモコは何もいわなかった。

「はあ〜」

姉妹同時に息を吐いたので、二人は顔を見合わせて笑ってしまった。

「でね、お姉ちゃん。プレゼントしてあげるかわりに、やっぱりこの服たちは処分してください。これからお姉ちゃんも新しい世界に飛び込みましょう」

マイは明るくいった。

「これねえ、やっぱり処分しなくちゃだめなのよね。本当にこんなに枚数が少なくてやっていけるかしら」

「大丈夫だって。私がさっきやってみせたでしょ。あれで十分ですよ」

最初は腰が重かったマイは、さっさと手慣れた様子で服をまとめて、空の段ボール箱に詰めはじめた。

「どれもまだきれいだし、クリーニングしてあるから、バザーに出せるね」

そういいながらマイが服を箱に詰め終わったのと同時に、トモコがガムテープで蓋を閉めた。その中に、階段で転んで破れたのを、繕ってもらったコートは入っていなかった。「これはお姉ちゃんの大事な思い出として、残しておいたほうがいいよね」

マイは笑っていたが、トモコとしては残したくもあり、処分したくもある複雑な思いがあったが、今のところまだこのコートは手元に置いておきたかった。

「何だか、処分される服を見てるとね、私もこうやって元ダンから処分されちゃったんだなって、思っちゃった」

「えっ」

ガムテープを伸ばしたまま、トモコは顔を上げた。

「気に入って家に連れてきたけど飽きて、これいらないやつって捨てられたわけでしょ」

トモコは一瞬、ぐっと言葉に詰まったが、

「何いってんの。服は生きてないし感情はないのよ。あなたは感情がある生き物なのだから、そんなふうに思っちゃだめよ。離婚はいい経験だったんじゃない。まだ若いし、結婚したければ、これからいくらでもチャンスはあるわよ」

妹を少しでも勇気づけようと、トモコが明るくいうと、眉を寄せて、

「でもさ、今の私に寄ってくる男って、ろくな奴じゃないと思わない?」

とささやいた。トモコは、

「ああ、そうかも」

思わず口から出てしまった。恋愛ドラマでは、裕福なシングル女性に、裕福ではないまじめな男性が恋心を抱くパターンがあって、だいたいハッピーエンドで終わりそうだが、現実はそうなりそうもない。

「お金を持っている分、私、身動きが取れなくなっちゃったような気がするな。男性を見る目がないのかも。でも服を見る目はあるよ」

マイはにっこり笑った。しくしくと泣かれたらどうしようもないが、このある種の能天気さがあるのが、トモコには救いだった。

「服はうちに届いたらすぐに渡すね。これからは適当に手頃な服を買わないで、このブランドの服を買ってね。ショップに行きたくなければ、通販で買ってください。そして億劫がらずに、丈のお直しは必ずしてください」

「はい、わかりました。迷ったときは相談してもいいかな」

「もちろん！　いつでもどうぞ」

服に関しては姉と妹は逆転していた。

大量に服を処分したトモコの引っ越しは終わり、マイにいわれた通りの服のローテーションで会社に行くと、周囲の人たちから、「何だかとても感じがいい」といわれるようになった。実は……と服の枚数の話をすると、みんな、えーっと驚くのだが、それを馬鹿にする人など一人もおらず、

「それくらいの枚数で十分なんですよね」

とみんな納得していた。そして、

「私も服を処分します」

と多くの人が決意したのだが、決行したと報告してくれた人はいなかった。みんなトモコがそうだったように、手頃な服をちょこちょこと買ってしまい、似たようなものばかりを抱え込んでいるらしい。トモコも自分一人でやっていたら、とてもじゃないけれど、ここまで服を減らせなかっただろう。

「やっぱりだめでした……」

と捨てられないと嘆いている人たちに、

「決意ができないのなら、かわりに選別してくれる人が必要よ」

と偉そうにアドバイスする立場になった。しかしジャケットを脱がないのをいいこ

とに、妹からのお上がりのブラウスの袖丈を直さず、長い分を肘のところで黒ゴムで留めていることは、妹にも同僚にも内緒なのだった。

息子の嫁の後始末

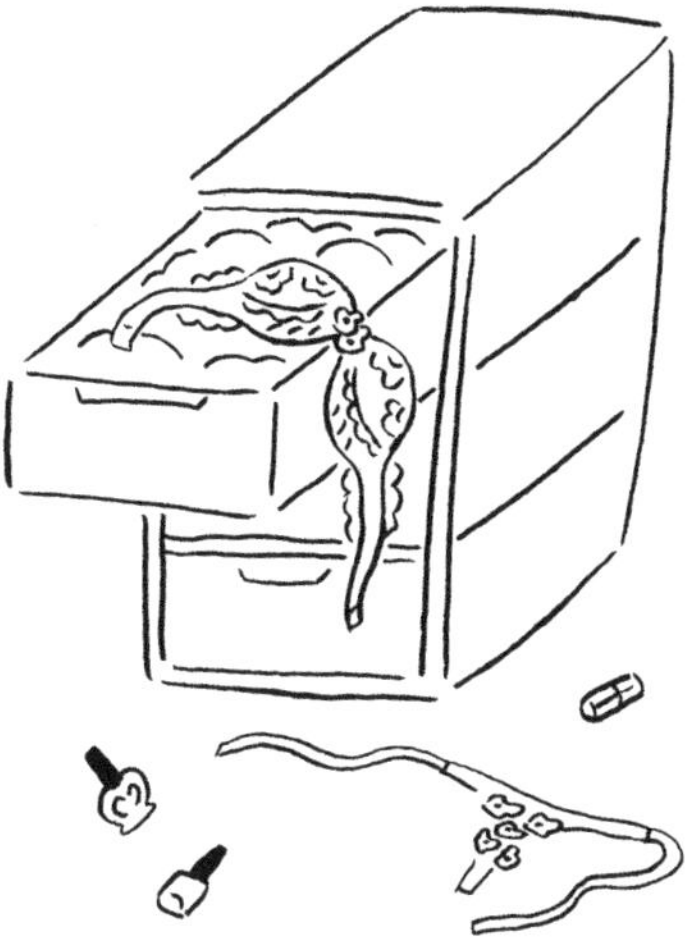

「いったいこれを、おれにどうしろというのだ」

朝九時、タダシは３ＬＤＫのマンションのなかで、一部屋だけ物があふれかえっているのを目にして、怒りとため息がまざった低い声でつぶやいた。

「どうしておれが、こんなことを」

いくら恨み言をいっても、目の前の物は減るわけでもなく、

「まったく」

と足元にある籐製のゴミ箱を蹴っ飛ばしたら、部屋の隅まで飛んでいって、雑誌がうずたかく積まれている上で弾んで、ベッドの前に敷かれた花模様のマットの上に転がった。ため息というものは、いくつかつけば、多少は気分が晴れるものだが、今回は何度ため息をついても、彼の気分が晴れることはなかった。

このマンションに住んでいたのは、息子夫婦だった。四年前、一人息子が会社の同僚の女性を、婚約者として家に連れてきたとき、タダシも妻も、いい娘さんでよかったと、胸をなで下ろした。いくら息子と自分は別人格とはいえ、親としては派手で下品な人でなければいいとタダシは思っていた。それを妻に話すと、彼女は、

「何いってるの？　あの子がそんな人を選ぶわけがないじゃない」

と小馬鹿にしたように笑った。

「わからないぞ。意外とそういったタイプが好みかもしれないし」

「違う。あの子の好みは清純でかわいらしいタイプなの。棚にあった写真集を見たから、すぐにわかったわ」

妻は息子のことは何でも知っているといいたげだった。

「ふーん、今どき、清純なタイプなんているのかね。いたとしても、うちのようなところには来てくれないんじゃないか」

「まあ、それはあの子の腕次第だけど。私はどんな人を連れてきても、嫌みな姑にはなりませんから」

きっぱりと妻はいった。

息子が連れてきた女性は、派手なところがどこにも見受けられない、まじめな女子学生といった雰囲気の人だった。かといって堅苦しい感じではなく、こちらから話しかけると会話も弾んだ。実家は地方の老舗《しにせ》商店で、学生時代は休みのときに、実家に戻って店員として店にも出ていたという。その日の夜、息子のいないところでタダシが、

「いい娘さんじゃないか」

と妻にいうと、

「そうね。しっかりした娘さんだったわ。でも気が強そうね」

といった。義理の娘になる彼女に対して、タダシは諸手を挙げて賛成しているのに、妻はちょっと嫌みをいった。この人は誰かのことを褒めると、必ずその人の欠点をちくりというのが常なのである。それが著名人でも芸能人でも知人でもそうなのだ。更年期障害がひどく、その影響もあるのだろうと、タダシは大目に見てはいたが、毎回だとうんざりし、そのたびに、

（あんたのそういうところが嫌い）

と腹の中でいつもいっていた。

「あの娘さんで文句をいったら、罰が当たるんじゃないか？」

タダシがそういうと、妻も、

「そうかもしれないわね」

といったので、タダシはほっとしたのだった。

息子たちは結婚し、実家から電車で二十分ほどのところにある、この賃貸マンションに住んだ。勤めている会社には、子どもができても仕事が続けられる制度があったのにもかかわらず、彼女は仕事をやめてしまった。それに対してタダシは何もいわなかったが、

「夫婦での収入がないと、家を買おうとしてもローンの審査に通らないって聞いたけど」

と妻は先々のことを心配していた。結婚して一年半後に男の子が生まれたので、若い夫婦は計画的に考えていて、とりあえず今のところは、彼女は育児に専念するつもりなのだろうと思っていた。

が、突然、息子の妻は二歳の男の子を置いて、姿を消してしまった。土曜日の夕方、夕食の準備をしていた彼女は、買い忘れたものがあるから、近所のスーパーマーケッ

トまで行って買ってくるといって部屋を出て行った。息子は何も疑わなかった。そして彼女は帰ってこなかったのである。

一時間経ち、二時間経ち、タダシのところにも連絡があって、事件、事故に巻き込まれたのではと大騒ぎになった。警察に連絡をしようとしたそのとき、息子のスマホに、

「もうあなたのところには戻りません」

とLINEがきた。もしかしたら彼女を拉致《らち》している不届き者が、なりすましのLINEを送ってきたのではないかと、息子が必死になって確認がてら返信していたが、間違いなく本人からのものとわかった。

タダシはとにかく息子と孫を実家に呼び寄せ、すぐに彼女の実家に連絡を取った。するとと先方は、ただただ、

「こんなことになって申し訳ない」

と謝るばかりだった。向こうの父親は、「娘は好きな男性ができて、そちらのほうに行ってしまった。自分たちもさっき聞いたばかりで、何が何だかよくわからない」とうろたえていた。

「好きな人ができたって、あなた、まだ小さい子どもがいるんですよ」

タダシはつい語気を強めてしまった。妻に去られた息子はまだしも、母に去られた孫はいったいどうするのか。先方の話によると、夫婦の不満などは一切、口に出していなかったという。妻は息子に対して、

「どうしてあの人の不審な行動がわからなかったのよ！　あんたはお父さんに似てぼーっとしたところがあるから！」

と怒鳴りつけていた。何でおれの名前を出す、と腹が立ったが、それよりもこれからいったいどうしたらいいのかと、頭は混乱するばかりだった。一時の情熱で出て行ったとしても、しばらくすれば気が変わって戻ってくるかもしれないという期待もあった。

彼女の居場所もわからないまま、ひと月が過ぎ、息子に地方転勤の辞令が下りた。地方支社の管理職へと抜擢された栄転だった。同僚と結婚したため、会社の人間が妻を知っているので、逃げられたことはずっと秘密にしていた。たまに聞かれたときには、両親が体調を崩したので、そのサポートのために実家に戻っているということにしておいた。

妻に逃げられてからの息子は、通勤前に実家に子どもを預け、夜、迎えに来て連れて帰るのを繰り返していた。とても転勤先で二人だけで暮らせる状態ではないと、タダシの妻も転勤先の住まいに同居することになり、体の不調を押して転居の雑事のほとんどをこなしていた。今の賃貸マンションも明け渡さなくてはならず、息子は自分と子どもの荷物はすべて運び出したものの、逃げた妻の部屋の荷物は残したままだった。

残されているのが女性の物なので、タダシとしては妻に捨ててもらいたかったのだが、それを口に出したら、

「私にあの人の物を捨てるために、ここから新幹線で往復しろっていうの？　毎日、息子と孫の世話をしなくちゃならないのに。定年退職して暇なんだからあなたがやりなさいよ」

と怒られた。こうしてタダシは逃げた息子の妻の持ち物を、はじめて目の前にするはめになったのだった。

３ＬＤＫの部屋は、家族三人には十分な広さだったが、彼女が自分だけの部屋を持っていたのには驚いた。

「へえ、そうだったんだ」

とつぶやくしかなかった。独身女性の部屋といわれても、納得できるような部屋だった。何度かここに遊びに来たことはあったが、その部屋をのぞいたことなどなかったので、タダシにとっては開かずの間を開けた気分になった。

さてどこから手をつけようかと、室内をぐるりと見回した。まず棚に飾ってある人形やぬいぐるみはすぐに処分できそうだと、家から持ってきたゴミ袋を手に、片端からその中に入れた。

（もしかして、このぬいぐるみはクレーンゲームのなかに入ってるやつじゃないのか）

ひよこ、うさぎ、ネコ、カエル、サメ、その他、丸っこくて柔らかい謎の生物など、色違いで山のようにあった。みんなかわいい顔をしているので、それをゴミ袋に詰め込むのは、心が痛んだが、そのまま放置するわけにもいかないので、なるべく目を合わさないようにして、ぎゅうぎゅうに詰めていった。45リットルの袋に二つ分もあった。

隣の棚にあったのは、タダシが知らない、優しいきれいな顔をした若い男性の写真やグッズだった。様々なポーズを取っているアクリルスタンド、実寸の顔面よりも、拡大されているのではないかと思われるクリアファイル、似顔絵のついたタオル、ペンライトが何本も出てきた。一本ずつデザインが違うところを見ると、次々に新しいものを買っていたのだろう。タダシは、

「分別が面倒くさい！」

と口に出しながら、ペンライトの中から単4形の電池を取り出し、可燃ゴミになるものと、そうでないものを分けた。棚ひとつがすっきりした。

「はあ」

ひとつため息をついて、近くのコンビニで弁当と日本茶と一緒に買ってきた、缶コーヒーをひと口飲んだ。妻からは「缶コーヒーを買うのはもったいないから、我慢して帰って家で淹《い》れて飲め」といつも怒られるので、鬼がいない隙に久しぶりに飲んだが、やっぱりこの味は好きなのだ。もちろん家でドリップで飲んだり、喫茶店で飲むのもいいが、この缶から飲む味も捨てがたい。学生時代、工場での仕分けアルバイトの帰りに、甘い缶コーヒーを飲むと、とても幸せな気持ちになったものだった。今は無糖に替わったが、タダシにとっては永遠に好きな味なのである。

缶コーヒーを飲み干すと、ちょっと元気が出てきた。次は隣の三段の棚に縦横に詰め込まれている小物類である。上には鏡や化粧道具、たくさんの化粧品が並んでいた。黄色、薄紫色の液体が入っている小さな瓶。十本以上の大小のブラシ類が立てられているペンスタンド、小さなはさみ、毛抜き、顔用のカミソリ、眉用シェーバー、綿棒などが入れられている箱、ティッシュやコットンの箱も並んでいる。大小の様々なデザインの平べったいケースに入っているものが全部で十個。黒や茶色の鉛筆みたいなものが数本、口紅は八本あった。

平べったいケースの中身を裏側の穴からカッターの先でつついてはずし、裏側の表示を確認して、プラスチック製のものは可燃ゴミ、金属製のものは不燃ゴミと分けなくてはならない。あっという間に指先がピンク、青、紫、グリーン、茶の粉にまみれた。鉛筆類はそのまま可燃ゴミ、口紅もケースがプラスチックだったので同様に処分した。

「こんなに化粧品を使っていても、それほど効果があるようには見えなかったがなあ」

タダシは首を傾げながら、まず上の段のものをなくした。

二段目は物が棚の収納量を超えているのと、きちんと棚板の奥行に合わせて畳まれていないので、あちらこちらにだらりとマフラーが垂れ下がっている。タダシはその垂れ下がっているものを引き抜き、ゴミ袋に入れた。するとその下に置いてある、わけのわからないものが床に落ちた。

「何だ、これは」

ヘッドフォンの両側にピンク色の偽毛皮がついている代物で、しばらくしてそれが寒い時季に使う耳当てだとわかった。耳当てが置かれていた一角には、長さや色、柄、厚さが違う手袋が五組、同じく丈や色、柄、厚さが違うソックスが合わせて三十足も突っ込まれていた。だらしなく突っ込まれていると思ったが、季節ものはまとめられているようで、いちおう彼女なりの方法で整理していたらしい。

「だいたい、手袋だって靴下だって、こんなにいるか？　手袋は一組、靴下だって季節ごとに三足あれば、十分じゃないのか」

突っ込まれている手袋や靴下に、使われた形跡はなかった。

タダシはそれらをわしづかみにして、ゴミ袋に突っ込んだ。いちばん下の段を見ると、靴箱が十二個詰まっていた。玄関のシューズボックスの扉を開けると、スニーカー、フラットシューズ、サンダルの三足が残されていた。それもゴミ袋に入れて部屋に戻り、棚の靴箱を次々に開けてみると、そこにはベージュや白、黒といった色もあったが、水色、赤、ピンクといった、あざやかな色のハイヒールがほとんどだった。シンプルなものもあれば、甲に透かし柄が入っていたり、光る大きな石やリボンがついていたりするものもあった。彼女が履いているのを想像できない色合いやデザインばかりだった。そのうちのいくつかは履いた形跡があり、靴箱のうちのひと箱は空になっていた。

「この箱に入っていた靴を履いて、逃げていったのか」

タダシは空になった箱をじっと見つめた。彼はスマホを取り出して、箱に表示してあったメーカーを検索して、だいたいの靴の値段を調べた。

「えっ、八万円？　そんなにするの？」

一介のサラリーマンの妻が、こんな高い靴を買えるのだろうか。それとも自分の貯金で買ったのか。それにしても子どもがいるのに、自分よりも子どものことを考えてやらないのか。などとタダシは考えたが、もしかしたらこの靴は逃げた相手にもらったのかもしれないと思い当たった。他の靴よりは明らかに高そうだし、それを履いて家を出て行ったのもわかる。

「な～るほど」

タダシは残されたものを細かくチェックしながら、探偵になったような気がしてきた。しかしそんなことをしていたら、あっという間に時間が過ぎてしまうので、深く考えるのはやめて、機械的に処分することに専念した。靴のベルトなどについている、金属製のバックルも不燃ゴミとして、はずさなくてはならない。ゴミ袋と一緒に、はさみとカッターを持ってきた準備のいい自分に満足しながら、金具を本体からはずして、別のゴミ袋に集めた。靴箱は紙製なので資源ゴミとしてひとまとめにする。箱のままでは出せないので、ひと箱ずつ、箱の高さの部分をカッターで切りはずして、平らにしなければならないのだが、これも面倒くさい。息子の妻に逃げられたことよりも、この作業のほうに腹が立ってきた。腰を曲げて作業をしていると、じわじわと腰のあたりが痛くなってくる。

「まったく、もう」

今度は彼女への怒りのほうが上回ってきた。

どちらにせよ、タダシは腹を立てながら作業を続けなくてはならなかった。床に置いてある大きなバスケットに入っていた、大量の布地と毛糸も捨てた。毛糸のなかには、編みかけの小さな水色のセーターがあり、これを着ることができなかった孫がふびんでならなかった。ミシンは粗大ゴミとして、自治体に引き取ってもらうしかなく、タダシは忘れないようにスマホにメモした。

ベッドの上の布団はカバーを取り外して、隣の部屋にとりあえず放り投げておいた。ベッドの前のマット、シーツと枕は袋に直行。

「マットレスとベッドも粗大ゴミか」

再びメモである。そのときふと気がついた。この部屋の明け渡しは一週間後である。それまでに粗大ゴミの収集があるかと、自治体にすぐに問い合わせてみたら、二週間後でないと収集できないといわれた。まさか自分の家に移動させるわけにもいかないし、このマンションの集積所に置きっ放しにするわけにもいかない。そのときふと思い出したのは、よくポストに入っている、不要品処分のチラシだった。明らかに自治体の粗大ゴミ処理よりお金はかかるが、背に腹は替えられなかった。

スマホで検索してみると、たくさんの業者があり、即日回収もＯＫの業者もあった。こういったところに頼むしかないだろうと、ひとつの業者に目星をつけた。ベッドの下をのぞくと、空になったポテトチップスや、スナック菓子の袋がいくつも転がっていた。

「まったく、もう」

手が届く範囲のものはほこりまみれになりながら取りだし、遠くにあるものは無視した。

「はあ」

タダシはまたため息をついて、昼食用に買ってきた弁当に手を伸ばした。ベッドに腰を下ろそうとしたが、ここで彼女が寝ていたかと思うと、それはためらわれ、床の上にあぐらをかいて、スマホを操作してｒａｄｉｋｏを聴きながら食べた。ここは住宅地が広がった静かな地域で、店舗も多く買い物にも便利な場所だ。

「いったい何が不満だったんだ」

部屋の窓の下には公園が見え、子どもたちの遊ぶ声が聞こえる。きっと息子夫婦もそこで孫を遊ばせたりしたのだろう。息子はおとなしい性格で、暴力的なところは一切なかったはずだし、彼女からもそんな話は聞いていなかった。特別に裕福ではないが、ごく普通の生活はできていたと思う。幼い子どもを置いて出て行くなんて、母親としての自覚はあるのか。相手はいったいどういう奴なんだ。次々に疑問が浮かんできて、いつもは快食するタイプのタダシも、いまひとつ喜びが薄い昼食になってしまった。

「さて、やるか」

聴いていたラジオ番組が終わったのと同時に、腰をさすりながら立ち上がって、半畳ほどの作り付けのクローゼットの扉を開けた。そこには衣類がみっしりと詰まっていた。それを片っ端から袋に詰め込んだ。ウールの分厚いコート、ダウンコート、ダウンジャケットなど、冬物が多かったため、あっという間に、三袋がいっぱいになった。

（冬のコートは三枚もいるか？　一枚でいいんじゃないのか）

と腹の中で文句をいいながら、次に押し入れを開けると、上段には押し入れ用のハンガーラックが置かれていて、ブラウスやセーターがかけられていた。下段の半分にはプラスチック製の衣装ケース、もう半分には毛布、夏用の薄掛け布団、シーツ、タオルなどが突っ込まれていた。

まずハンガーラックのものを袋に詰めた。薄いブラウスを手にするときには、少しためらわれたが、触らないと処分できないので、何の感情も持たないようにして、ハンガーごと次々に詰めた。ハンガーがプラスチック製で可燃ゴミとして出せるので、分別しなくても済むところが助かった。組み立て式のハンガーラックも、可燃ゴミとして出せるかもしれないと期待を持ちつつ分解してみたら、スチールが使われていたために、それができず、何本かの棒の集まりになったラックを、ベッドの上に放り投げた。

残りは下段だけになった。毛布、薄掛け布団は隣の部屋行き、シーツ、使い古されたタオルは袋に詰めた。これもあっという間に袋にいっぱいになる。そして重い。

「そうか、これも回収業者に頼めばいいのか」

足元に転がっているいくつものゴミ袋をベッドの上に置いた。その上に隣の部屋からひきずってきた、布団や毛布も投げた。物を処分するのが、こんなに面倒くさいものだとは思わなかった。袋に入れてみるとかさ高になり、より圧迫感がある。タダシは自分で捨てるところまでやろうと考えていたが、実際はそんなに甘くはなかった。

現代は、いつでもどこでも簡単に物を捨てられる状況ではない。ゴミを出す日は決められ、量もある程度制限されている。分別は必須である。買うときには当然お金がかかるが、捨てるときもお金がかかるようになった。気軽にいらないものの全部を、ぱっぱと捨てることなんてできないのだ。

「さあ、これで終わりだ」

タダシは自分を奮い立たせるように、ちょっと大きな声を出して、下段の衣装ケースの三段ある引き出しのいちばん上を開けた。その瞬間、たくさんのピンク色、赤が目に飛び込んできて、瞬間的に引き出しを閉めてしまった。

「…………」

これは見てはいけないものではないか。もう一度、おそるおそる引き出しを開けてみた。そこに入っていたのは、ぐちゃぐちゃに突っ込まれた、色、柄が様々なたくさんのブラジャーだった。

「ううむ」

タダシはうなった。こういったものは妻にやってもらいたかったが、このためだけに新幹線で戻ってこいとはいえない。娘がいたら、成長過程において目にする機会はあったかもしれないが、息子一人なので、こういったものは妻のしか知らないのである。ちなみに妻はいかにも実用的な、飾りがほとんどないベージュ色のものしか持っていなかったと記憶している。しかし目の前にあるのは、レースがふんだんに使われた、派手な色合いのものばかりである。これを私に触れというのだろうか。

「ううむ」

タダシは再びうなった。

目の前のものをどうしてくれようと、考えた結果、引き出しを抜いて、一気にそれらを袋に落とし込む方法にしようとひらめいた。これだったら最低限しか触らなくて済みそうだ。と、引き出しに手をかけようとしたとたん、待てよ、と思った。このまま袋に入れたとしたら、現在の半透明の袋では中が透けて見えてしまう。業者に処分してもらうのに、女性用の下着だとわかるのは避けたい。

「ああ、本当にもう……」

タダシはすでに口を結んでしまったゴミ袋を開けて、シーツを取り出した。そしてそれを袋の内側に敷き、外から中身が見えないようにして、その中めがけて、引き抜いた引き出しを突っ込み、逆さにして揺すりながら中身を出した。

幸い、床にも落とすことなく、触ることもなくブラジャーは袋の中に入った。

「はあ……」

三度目のため息をついた。これは安堵のため息である。

一段目がブラジャーだったとしたら、二段目、三段目には、いったい何が入っているのだろうかと、ほっとしたのも束の間、次は恐ろしくなってきた。

彼はひと息入れるためにマンションを出て、外の空気を吸った。そして来るときに缶コーヒーや弁当などを買ったコンビニに行き、店内をぐるりと回って、冷蔵ケースのなかで目についたシュークリームとエクレア、そしてコンビニコーヒーのトールサイズを買って戻った。ふだんはそんなスイーツなど好んで食べないのに、今日はなぜかそういうものを口にしたい気分になった。

シュークリームを片手に、二段目の引き出しを開けると、肌着のシャツが見えた。色も派手ではなかったので、少しほっとした。自分が着ている肌着と形状が変わらないものには抵抗がないが、全く違うものに対しては、やはり触れるのにはためらってしまう。ぐいっと全部引き出してみると、保温用の肌着の上下、ストッキングなどが、他の引き出しと同じように、たたまれることなく突っ込まれていた。色合いが全体的に地味で、妻のものでも見慣れているせいか、女性用でもぎょっとすることはなかった。

タダシは引き出しをそのままにして、右手にコーヒーカップを持ち、床に座っておやつの時間を楽しんだ。久しぶりに食べるシュークリームが妙にうまい。それだけこの作業でふだん使わない脳がフル稼働し、体力を消耗していたのだろうかと思いつつ、コーヒーを半分残したまま、両腕をぐるぐる回して気合いを入れた。そしてさっきと同じ方法で、がばっと中身を開けて引き出しを空にした。

気持ちは落ち着いてきたものの、三段目の引き出しに何が入っているかわからない。そーっと少し開けてみると、一段目と同じく、ピンク、赤、黒が目に飛び込んできた。覚悟を決めて引き出しを開けると、中から出てきたのは大量のショーツだった。

(とうとう来たあ)

と瞬間的に目をつぶったものの、どうにもならない。そしてあせりの気持ちよりも、どうして彼女がこういった類いのものを選んだのだろうかと、その心理を考えたくなった。

世の中にはたくさんのデザインのものがあるはずなのに、現代の若い女性には普通なのかもしれないけれど、タダシの感覚からすると、玄人《くろうと》が好むような下着を、既婚者の女性が選ぶのは、どういった感覚なのだろうかと不思議に思えた。そしてそれを知っているはずの息子は、それをよしとしていたのだろうか。もしも息子の好みだったとしたらどうしよう。

「はあ〜」

タダシは情けない声を上げて、目の前の色鮮やかな塊を眺めていた。どう考えても彼女のあの地味な顔と選んでいる下着が一致しない。しかし彼女の行動を考えると、納得できるような気もしてきた。

「人間はわからないものだ」

そうつぶやきながら、タダシはさっきと同じように引き出しを抜き、逆さまにして中身をシーツを敷いた袋の中にぶちまけた。そのとき二、三枚の小さな下着が床にひらひらと落ちた。

「ああっ」

小さな声が出てしまったが、落ち着いて爪の先で最小限の面積をつまむようにして、袋の中に落とした。そして最後に、紐の間に赤のレースに黒の縁取りがついている、特に面積が小さなものを入れようとしたとき、

「これは髪の毛を結ぶための、あれ?」

と一瞬思った。輪っかになっていて、女性が長い髪の毛を後ろで結ぶときに、飾りも兼ねて使うものである。同じように爪の先でつまんでみた。

「もしかして、これは尻が丸出しになるやつでは？」

理容店で見た男性週刊誌のグラビアモデルが、このような、ほとんどが紐のものしか身に着けていなかったのを思い出した。

「これって、撮影するときのものじゃないのか？　そしてなぜ彼女がこれを持っているのだ？」

まさか彼女がグラビアの仕事をしているわけもなく、頭の中がぐるぐる回ったあげく、息子の好みだったらどうしよう、とまたうろたえてしまった。タダシは理解を超えた状況に、頭の中に「？」をぎっちり詰めながら、それも袋の中に落とした。もしも貴金属が残されていたら持って帰り、妻の意見を聞こうと思ったが、そういう類いのものが一切なかったところを見ると、それらは持って出たらしい。

「ふう」

ひと息ついて、スマホで調べた即日回収の業者に連絡をしたら、予約が入っていないので、これから回収に行けるという。ここにある「女」の匂いがあるものを、少し

でも早く手放したかったタダシは、

「それではお願いします」

と頼んだ。五十分後、若者が二人やってきて、てきぱきと物を運び出してくれた。

「分別もこちらでやるので、全部、一緒に詰め込んでもらってもよかったんですよ」

といわれて、タダシは腰がくだけそうになった。料金は件《くだん》のハイヒールよりは安かったが、元気な若者が二人、自分ができないことを代わりにやってくれるのだから、まあ、そうなるだろうなという値段だった。下着をシーツで隠しておいてよかったとあらためて思った。

「ありがとうございました」

感じのいい彼らは、明るく頭を下げて帰っていった。タダシが窓から首を出して見ていると、トラックが走り去っていった。これで自分がやるべき役目は終わったのだ。

ほっとした彼は、何十年ぶりかで買ったエクレアの封を切ってひと口食べた。チョコレートとカスタードクリームの甘さが、口の中に広がった。そして残しておいたコーヒーを飲むと、甘さと苦みがちょうどよく、思わず、

「うまいな、これ」

と口から出た。エクレアを片手に、何もない部屋から任務を遂行した旨を妻に連絡すると、

「あら、そう。ご苦労さま」

とあっさりといわれた。妻は体調が回復し、息子も孫も元気にやっているそうだ。貴金属はなく、下着まで置いていった話をすると、妻は怒っていた。詳しく説明すると騒動になりそうだったので、色、透け、紐については黙っていた。

「それも、あなたが片づけたの？」

「当たり前じゃないか」

「あら、いやだ」

おれに処分を頼んでおいて、そのいい草は何だと腹が立ったが、エクレアの甘さが、怒りを抑えてくれた。そして孫が電話に出て、

「じいじ、ぶぶーう」

と彼なりに話しかけてくれた。こんな愛らしい子を捨ててと情けなくなりつつ、髪留めみたいなほとんど紐の下着を思い出し、

（お前のお母さんはなあ、何なのかなあ）
と、複雑な気持ちが、いつまでも渦巻いていたのだった。

本好きと
フィギュア好きの
新居問題

サエコは室内の壁一面に並んでいる本棚の前に立って、

「はあ〜」

とため息をついた。高さ一八〇センチ、幅九〇センチの本棚五つには、単行本、文庫本、絵本などが隙間がないくらいに、ぎっちりと詰め込まれている。このマンションに遊びに来た学生時代の友だちが、

「地震が来たらあぶないよ」

と心配してくれたが、震度4の地震があったときは、棚は多少、揺れはしたけれど、本が飛び出してくることはなかった。そのとき、本を隙間がないほどぎっちぎちに詰め込むと、意外に飛び出してこないということを知ったのだった。その後、本棚に関しては耐震用のグッズを取り付けて固定したものの、本は整理せずにそのままにして

おいた。

彼女は廊下に移動した。そこにも壁に沿って、高さは一四〇センチほどで、幅は様々な本棚が同様の状態で四台並んでいる。これまでに買ってきた大量の本を目の前にして、これから半年の期限で処分する必要があるのに、それをやろうという気がなかなか起こらない。就職のため上京したときも、実家に本を置いておくのがしのびなくて、両親に泣きついて配送代を払ってもらい、この部屋にすべてを運び込んだ。本に囲まれて寝ている状態だった。三十三歳のサエコは同期入社のヤマダヨシノリとの結婚を、半年後に控えていて、新しい二人の生活をはじめるためには、どうやっても新居に入りきらない分の本を、処分しなくてはならないのだった。

彼は就職試験の筆記のとき隣にいて、複数回の面接のときもいつも一緒になった。サエコは、

(ああ、この人も受かっていたんだ)

と思っただけだったが、向こうは、

(絶対にこの人とは何かがある)

と考えていたらしい。地方の大学を卒業した本好きのサエコは、出版社にエントリ

ーシートを送りまくったけれど、すべてはねられてしまった。そこで一般企業に方向転換して、今の会社に入れてもらった。こういっては何だが、入りたくて入った会社ではなかった。出版社に就職しなくても、本はどこに勤めていても読めると諦めたのである。しかし彼のほうは、フィギュア、ガンプラ好きで、今の会社が第一志望で、他の職種を選ぶなんて考えてもいなかった。

サエコと彼は別々の配属になったが、すでに顔なじみと思っていた彼は、

「社食に行こうよ」

とほぼ毎日、彼女を誘いに来た。彼の仕事には重要な秘匿義務があったので、別棟の最上階のフロアが部署になっていた。社員食堂は本社と別棟の間にあるので、昼食を食べるために、わざわざ本社まで来る必要などない。あまりに毎日やってくるので、席の周辺の同僚や先輩は、彼がやってくるのを見ては、

「来た、来た」

と小声でいい、サエコのところに近づくと、二人のやりとりに聞き耳を立てていた。それがわかった彼女は、自分は彼に対して何の気持ちもないのに、恋愛感情を持っていると勘違いされたら困るので、なるべく冷たくした。

あるとき、

「外で食べる約束をしたから」

と嘘をついた。

「えっ、そうなの？」

と彼が聞くと、サエコの先輩の男性が、彼女には見えづらい位置から、彼に向かって、違う、違うというふうに、顔の前で手を横に振っているのが見えた。いつの間にか、サエコの周囲はすべて空席になっていて、社員は離れた席にいる、課長しかいなかった。

「えっ、課長と？」

その課長は社員に嫌われていて、そんな人と昼食を食べに行くと思われるのも困るので、サエコは、

「あっ」

と机の上の小さなカレンダーを見て、

「日にちを間違えていたわ」

とごまかした。そうなったら彼と一緒に社食に行くしかなかった。

サエコは出版された本はすぐに読みたいので、単行本を買っている。その代金を捻出するためには、社食があるのはとてもありがたい。社食がなければ、サエコの読書生活は成り立たないといってもいいくらいなのだ。自分は彼を好きではないということをアピールするために、二人でいるときは無表情になるようにしていた。別にカップルではなくても、同僚の男女で食事をしている人たちはいたが、同じ会社とはいえ、仕事上何の接点もなく、部署も別棟の自分たちが一緒にいたら、あの二人、何かあるのかと思われるのは当然のことだった。

彼が何を食べるのかと聞いてくれても、

「A定食」

とぶっきらぼうに返事をし、向かい合って食事をしているときも、彼に何か聞かれると答えてはいたが、サエコのほうから彼に質問をすることはなかった。

その後、彼女は別の部署の先輩と恋愛関係になり、それを知ったヨシノリは近づいてこなくなった。ほっとしていたものの、交際している彼の行動に不満が出てきた。二人でいるときに、スマホを見ては、「あ、高校のときの元カノからだ」とか「この女、しつこいんだよ」とか、いちいち画面を見せて、報告してくる。自分に嫉妬させようとしているのかと気分が悪く、いくら「やめて欲しい」と頼んでも、にやにやしながらそんなことを繰り返していた。

彼への不満が溜まっていたとき、社内を歩いていたサエコを見つけて、ヨシノリが走り寄ってきた。いったい何？　と身構えると、

「僕はきみが幸せになるのだったら我慢できるけれど、あの男はだめだ。女性関係の悪い噂がたくさん耳に入ってきているから、つき合うのはやめたほうがいい」

と今まで見たことがないほどの真剣な顔で告げて、足早に去っていった。

サエコはしばらくぼーっとしていたが、やっぱりそうだったのかと気持ちの整理がついて、いつも男性と食事をしていた店で、デザートを食べ終わるのを見計らって、別れたいと切り出した。そのときも、

「へえ、何で?」

と、にやつきながらスマホをいじっていた。

「私がいくらやめてっていっても、やめないのね。そういうところがいやなのよ」

と怒ると、謝るどころか、

「そういう俺がいやなら、さよならだね。俺もそろそろあんたに飽きてきたしさ」

とスマホを手に、席を立ってしまった。どうしたのかと、そのまま待っていると、再びにやにやしながら戻ってきて、

「この後、連絡してきた女と会うから。じゃあ、これが最後の奢りということで」

といいながら会計をした。そして店の前でタクシーを拾い、一人で乗っていった。

(何よ、まったく)

小説でこんな場面も読んだ記憶があるが、まさか自分が体験するとは思わなかった。最後の最後まで腹が立ったのと、ほっとしたのとがいりまじった気持ちでしばらく過ごしていたが、ある日、社食でばったりヨシノリと会った。社内の人たちは、サエコがまだ例の男と交際していると思っていて、彼と話していても、以前のように好奇の目で見ることはなくなった。

「私、彼と別れたの。教えてくれてありがとう」

サエコは素直に礼をいった。するとヨシノリの顔がぱっと明るくなり、

「それはよかったね。そのほうがいいよ。ああ、そう、よかった、よかった」

ととても喜んでいた。それから二人の仲は急速に接近し、二年間交際した後、半年後に結婚という話になったのだった。

サエコは特に結婚願望はなかった。結婚して同居すると、いくら理解がある相手でも、どうしても女性の負担が多くなりそうでいやだった。やはり本を読む自分一人の時間が欲しい。事実婚でもいいのではといったが、ヨシノリのほうが反対した。婚姻届を出していればいいのではと、彼女が再び提案しても、結婚するのであれば、一緒に住まなければおかしいというのだった。意外に古くさいとちょっと呆れて、両親に話すと、

「ヨシノリさんは、まじめに結婚を考えてくれているのだ」

と彼の肩を持った。

彼がこの部屋に来たとき、

「すごい量の本だね。これ、全部読んだの？」

と聞かれた。サエコの部屋を見た人は、必ずといっていいほど、同じ質問をしてくる。これがいちばん聞かれたくないことだった。正直いって、全部は読んでいない。新刊が出ると、懐具合が許す限り、本を買ってしまう。それがとても楽しいしうれしい。もちろん一部は読んでいるが、買う本の量が多いので、読めるのは買ったうちの半分くらいで、あとは出番を待っている。しかし新しい本が次々に追加されるので、

彼は訴える目になっていた。たしかに家に飾っておくもので、見たいから持ってきてくださいというようなものではない。それはそうだとサエコは認めたものの、

「でもね！　入居までに処分しなくちゃならないのよ！」

ときっぱりといい渡した。相変わらず彼は心から悲しそうな顔をして、しばらく黙っていたが、

「本は処分したとしても、まだ売っているかもしれないし、図書館に置いてある可能性もあるし、あっ、そうだ、ほら、電子書籍があるじゃない。それだったら場所も取らないからいいよ」

と、とってもいい提案をしたといいたげに、彼の目は輝きを取り戻したが、サエコが、

「私、本を手にしたときの感触が好きなの」

と低い声でいうと、またうつむいて黙ってしまった。

「そうだ、いいことを考えた。フィギュアもガンプラも売りましょ」

今度はサエコが目を輝かす番になった。

「ええっ」

「あれだけあって、全部を同じように気に入っているわけじゃないでしょう。ランクをつけて、その下のほうのをフリマサイトで売ったらどう？　私だって鬼じゃないんだから、あなたが大事にしているものを捨てろとはいえないわ。でもあなたのかわりに、大事にしてくれる人がいたら、その人に譲るっていうのもいいんじゃないのかしら」

彼は何もいわない。

「欲しくても定価では買えない子どもたちの手に渡ったら、こちらもうれしいじゃない。喜んでもらえるし。子どもじゃなくても、大人もきっと喜んでくれると思うけど」

まじめな彼に、温情に訴えるようにいってみたが、返事はなかった。サエコがじっと見つめていると、

「まだ時間があるから、ちょっと考える」

と小さな声が聞こえた。

「うん、わかった。私も減らすように努力するわ。でも半年っていっても、あっという間だからね」

きっちり念を押し、ちょっと気落ちしている彼と一緒に、近所のカフェで御飯を食べて、それぞれの部屋に戻った。

彼にそうはいったものの、部屋にある本を見渡してみると、全部で一つの大切な物という気がしてきて、そこから必要ではないものを抜いて、処分するのは胸が痛んだ。でも彼に発破をかけた手前、自分もそれなりに本の処分をしなくてはならない。さっきは彼に、ランクをつけて、下のほうから処分しろといったけれど、自分もそうしなくてはいけなくなったと辛い気持ちになった。ベッドルームに置いてある本は、よく手に取る本が多いが、廊下に置いてあるほうは、手に取る回数はとても少ない。ただタイトルが書いてある背表紙を眺めているだけで、ほっとする。ふと目をやって、ああ、そこにあると思うとうれしいのだ。しかしそれらを読んだのはいつだっけと考えると、思い出せない。

仕方がないと諦めつつ、図書館で読めたり、文庫で発売されていたりと、比較的手に入れやすいものを、本棚から抜いて床に積んでいった。そのとき、学生時代の本好きの友だちが、「買い取り業者が梱包する箱を送ってくれて、本を詰めて連絡すれば、宅配業者が集荷してくれる。買い取り金額は、後で振り込まれる」といっていたのを思い出した。彼女は読書は好きだけれど、本は本棚一つに収まる分しか取っておかない。そのかわり買った本は全部読むといっていた。それを聞いたサエコは、自分は全部取っておきたいタイプなのよねと話した記憶がある。

スマホで確認すると、こちらもシステムは違うけれど、本を買い取ってくれる業者はいくつかみつかった。自分で重い箱を運んでとなると、気分的に重くなるが、箱に詰めるだけなら、何とかできそうだ。手持ちの段ボール箱でもよいらしい。実家から母手作りの梅干しや食材が送られてきたときの段ボール箱がいくつかあったので、それらを玄関の上がり口のところに持っていって、本をその中に詰めていった。ガムテープで蓋をして、また本を詰めていった。

一冊の小説を手に取ったとき、なかに書いてある料理の作り方を見て、自分も作って家族にふるまったけれど、評判が悪かったことを思い出した。両親に、「作者が悪いのではなく、サエコが味付けを間違えたのでは」といわれて、調味料の量を間違えたのがわかり大恥をかいた。以降、この本は開いたことがなかったので、箱に詰めた。その他、廊下に置いてあった本のうち、文庫本で手に入るものはすべて箱に詰めようとしたが、手持ちの箱四個はすぐにいっぱいになってしまい、業者を選んで、箱を送ってもらうように頼んだ。

それから週末は本の処分に明け暮れた。棚に収まっているときはそれほどでもなかったのに、あらためて段ボール箱に詰めると、かさ高くなって、自分の居場所がなくなりそうなほどだった。結局、十五箱に詰め終わり、配送業者に持っていってもらった。それでもまだまだ本はある。しかし、

「私、やってるわよ。そちらはどうなの？」

と出張先の彼に電話をかけて、プレッシャーをかけるのも忘れなかった。予想していたが、ビジネスホテルに宿泊している彼は、のらりくらりと言葉を濁して、はっきりといわない。

「おい、ヤマダ。きみはやってないね」

「いや、出張中だから」

「今日のことをいってるんじゃないです。これまでの進捗状況を聞いてるんですよ」

「うーん」

やっていない気配が濃厚だ。

「いいですか、ヤマダくん、半年後ですよ。のんびりしていると、とんでもないこと

になりますよ」

サエコは電話を切った。

一度、まとめて本を処分してみると、これから先も自分は本を減らせると、妙に自信を持った。もちろん大切にしている本とお別れするのは悲しいが、いつまでもこの大荷物を引きずって生活するわけにもいかない。遠い将来を考えても、自分の体が動かなくなったとき、子どもに本の処分をさせるのは、親として心苦しい。子どもがいなかったら他人の手を煩《わずら》わせることになる。半年後の引っ越しは、これまでの自分から変わるためのいいチャンスなのかもしれないと、そう考えるようにした。

そのやる気のおかげで、業者から追加で段ボール箱を送ってもらい、ベッドの陰で取り出せなくなっていた本も引きずり出して詰めた。途中、本を手にするたびに、何度もこの本とはお別れしたくないと心が揺らいだが、ヨシノリに見せつけてやりたい気持ちもあって、心を鬼にした。その結果、本がぎっしり詰まっているのは、高さ一八〇センチ、幅九〇センチの本棚四つになった。これだけやれば、向こうも文句はいえまい。

彼が出張から戻ってきた週末、二人は彼のマンションで話し合いをした。一歩入ったとたん、彼が何もやっていないのがわかった。前回、会ったときと何一つ変わっていない。サエコが自分の部屋の画像を見せると、

「すごいね、ちゃんとやったんだね」

と彼は感心している。

「当たり前でしょう、やらなきゃならないんだから。もたもたしているうちに、あと五か月になっちゃったわよ。どうするの？　あそこにお並びになっている方々を！」

サエコがショーケースを指差すと、彼は、「あふ〜ん」と変な声を出して悲しい目でサエコを見た。

「そんなことをいわれても、簡単には……」

自分のコレクションをどうにかしろとサエコに詰められたヨシノリは、体がぐにゃぐにゃになった。

「私だって本を処分するのに、簡単にはいかなかったわよ。心を鬼にして、思い出の本とさよならしたのよ」

彼はずっと下を向いている。

「どうしても処分できないっていうのなら、ひとつだけ解決方法があるけど」

「えっ」

彼は顔を上げた。

「一緒に住まなければいいのよ。それなら部屋はこのままでいいわけだし。事実婚か、籍を入れたとしても、別居婚」

結婚するのはともかく、もともと同居に乗り気ではなかったサエコを、ヨシノリが結婚はそういうものではないと、押し切った形になったのだから、できれば一緒に住まないほうが、彼女には都合がいい。すると彼はもっと悲しそうな顔をして、

「ああっ」

と叫んで再びうつむいた。

「コレクションをそのままにしておきたければ、もったいないけど新居は解約して、別居婚にするしかないわね」

サエコは背筋を伸ばして、彼にいい渡した。

「あああああっ」

彼は大声を出して床にうずくまり、

「こんな、人生最大の選択を迫られるなんて」

と辛そうにうめきはじめた。

「人生は選択の連続なんだって」

彼女は以前、読んだ本に書いてあった文章を彼に告げた。

「自分で選択しないと、誰も決めてくれないのよ。私が決めるっていったら、それもいやなんでしょう。なるべく早く結論を出したほうが、不動産屋さんにも迷惑がかからないと思うけどね」

淡々と話すサエコの足元で、彼は頭を抱えて長い間、身悶えしていた。

彼が迷っている間にも、日にちは過ぎていくので、サエコは週末が近づくと、

「その後、片づけの状況はどう?」

とLINEを送っていたが、最初は、「苦戦してる」とか「やる気があっても、忙しくて手がつけられない」と返信があったが、最近は既読スルーばかりである。

「てめえ、ふざけんじゃねえぞ」

と深夜に激怒のLINEを送ったら、すぐに「ごめんなさい」という返信と、ぺこぺこと謝ったり、土下座したりしているスタンプが十個も送られてきた。彼女は舌打ちしながら、パジャマ姿でベッドの上に仰向けになった。今まで壁をびっしりと覆っ

ていた本の量が半分ほどになって、寂しい気持ちはあったけれども、最近は、スペースがあるのもいいものだと感じるようになった。ただ雑誌などで、床から天井まで、びっしりと本が詰め込まれている部屋の写真を見ると、やっぱり、いいなあと憧れるのだ。

自分が本を処分したのは、彼への愛情が基になっているのかと考えてみた。彼の提案を呑んだことで、本を処分しなくてはならなくなった。同居はいやだと、突っぱねようと思えば突っぱねられたのに、そうはしなかった。そしていい出しっぺの彼は身悶えしたまま、コレクションを処分する気配はまったくないようだ。

「これって、やっぱり不公平よね」

サエコはがばっと身を起こして、私が甘かったと深く反省した。つい彼のいい分に従ったのが、大きな間違いだったのだ。

「うんといわなければ、あの画集だって、絵本だって、手放さなくても済んだのに」

と悔しくなった。彼はこのままのらくらと時が経つのを待って、自分のものは処分をせずに新居に全部持ってくるのではないか。そう考えると、ずるい奴としか思えなくなってきた。私と同じくらいの分量は、処分してもらわないと困る。彼の大切なものなのは十分わかっているし、自分も鬼ではないので、捨てろとまではいわない。新居に入らない分は、どこかに保管して欲しい。

「処分ができないのだったら、どこか預かってくれるところを見つけたら？　もちろん費用は全額、ヤマダくん持ちですが」

サエコはＬＩＮＥを送った。すると、

「検討します」

と返してきた。

「検討だと？　もうそんな段階じゃないんだよ」

腹を立てながら、彼女がその言葉をそのまま送信すると、また既読スルーになった。

「何よ、馬鹿にして」

サエコはベッドの上にスマホを放り投げた。だいたい結婚に関しては、自分は積極的だったわけではない。相手に合わせてしまったらこうなったのである。

「ものすごく結婚したいっていう情熱もないし、友だち関係でも全然問題ないから、婚約解消でもいいわ。そういってやろう」

彼女は、

「このままの状態が続いた場合、私の我慢も限界なので、婚約解消するつもりです」

と送信した。両家で集まって正式に結納を交わしたわけでもなし、新居などもろもろに関してはキャンセル料が発生するだろうが、それは全部、あちらに払ってもらえばいい。あっという間に返信が来た。

「すぐに話し合いたい」

それを見た彼女はまた腹が立ち、

「そんな暇があったら、目の前のものをとっとと片づけろ」

と送信し、あとは無視していた。

彼は会社で、仕事上の用事もないのに、サエコの部署をのぞいては、様子をうかがうようになった。

「ヤマダくん、どうしてあんなことをしてるの？」

昨年結婚したばかりの同僚に笑われた。

「ちょっとね、揉《も》めてるから」

サエコの言葉に彼女は真顔になって、

「どうしたの？　何かあったの？」

と聞いてくれた。サエコが理由を話すと、

「あー、趣味のものはねえ」

と困惑した表情になった。

彼女のお兄さんは子どもの頃から釣りが趣味で、結婚した後も楽しんでいたが、それが彼女の義理の姉である妻には不満だった。子どもが大きくなっていくのに、広くもない家の中を占領して、鬱陶《うっとう》しいと文句をいわれ続けていた。何度もそのことで喧嘩をしていたらしいのだが、ある日、お兄さんが会社から帰ってきたら、置いていた釣り竿やリール、ルアーなど、道具類が全部、消え失せていたという。釣り道具が置いてあった場所には、子ども用の机と椅子が置かれ、長男がそこに座って絵を描いていた。ここにあったものはどうしたのかと妻にたずねると、買い取り業者のところに持っていき、買い取ってもらったという。そしてその店で、子どもにぴったりの机と椅子のセットがあったので、それを買ってきたとすましていた。お兄さんはショックで言葉もでなかったが、子どもがとてもうれしそうにしているので、

「よかったね」

と声をかけて、じっと耐えたのだという。

「本人には直接いえないから、私に、『あのクソ女がやりやがった』って怒っていたわ」

「その後、夫婦仲は？」

「いいみたいよ。離婚もしてないし。兄も子どものために我慢したんじゃないのかしら」

子どものためといわれたら、親としては自分にダメージがあっても、我慢してしまうだろう。

それにしてもお兄さんの妻は、大胆な人だなと思った。もしも自分が同じことをしたら、ヤマダくんはどうするかと考えてみると、信じられないくらいに激怒して、首を絞めてくるかもしれない。ふだんおとなしいタイプは激怒したときにストッパーがはずれて、とんでもない暴挙に出そうな気がする。彼はお兄さんのような寛大な気持ちにはならないだろう。クソ女程度では済まないのは間違いなかった。

「困ったわねえ。いい方法はないかしら」

同僚が我が事のように心配してくれたので、申し訳なかった。その間も、彼はサエコの部署の入り口付近の廊下をうろうろしていて、目が合うと小さく何度も手招きし

た。仕方なく廊下に出ると、彼は、

「ＬＩＮＥは本気？」

と聞いてきた。

「本気よ。だってこのままじゃ、あの部屋で暮らすなんて無理だもの。こうやっているうちに、どんどん日は経っていくんだからね。ヤマダくんがアクションを起こさなかったら、何もはじまらないのよ。本当にわかってる？」

彼は黙っている。それだけいってサエコは席に戻った。彼はとっても悲しそうな顔をしていた。

（いくら悲しそうな顔をしたって、物事は好転しないんだよ）

と腹の中でいいながら、サエコはパソコンの前に座った。最初は、さっさと片づけをしない彼に腹が立っていたが、この頃は、「彼がやらないのだったら、結婚はともかく同居はなくなるのみ」という気持ちになり、「相手の出方によっては、婚約解消もあり」と思うようになったら、気が楽になってきた。あとは向こうの選択に、こちらが対応するだけだ。ああだこうだと毎日、彼の様子をうかがうのにも疲れてきたし、そんな暇があったら、買ってきた本を一行でも多く読みたい。「さあ、何とでもいってこい」という気分だった。

一方、彼は、相変わらず会社で挙動不審で、用事もないのに、彼女の周辺をうろうろするようになった。だからといって、片づけの進捗状況を説明するわけでもなく、ただうろつくだけなのだ。

（面倒くさいな、まったく）

サエコは彼が声をかけてきたら応対するつもりだったが、何もいわないので無視していた。そばにいる同僚が気にして、

「いいの？　ヤマダくん、用事があるんじゃないのかしら」

と気を利かせて席をはずそうとするのを、

「用事があったら声をかけてくるから」

と押しとどめた。誰の目にも明らかに、彼の行動は変だった。

お互いに会話も交わさず、連絡を取り合わないまま、半月が過ぎた。再び、少しずつ本が増えてきた部屋の中で、サエコはベッドの上に寝転びながら、結婚前だというのに、この状態でいいのだろうかと考えていた。ただ二人が同居するというだけで、こんなに大騒ぎなのである。おまけにあちらが何もしようとせずに、だらだらと過ご

し、それを突っつくと、ああだこうだと理由を並べて、逃げているだけ。まったく問題は解決する気配がない。

結婚したら、もっとたくさんの難題が降りかかってくるだろう。家計のことや、子どもができたとしたら、子育てや教育方針の違いが出てくるかもしれないし、お互いの両親の介護の問題も出てくるだろう。そのたびに、のらりくらりと問題の本質から目を逸らされてはたまらない。現実に向き合おうとする気が、今のヤマダにはない。

「本当に婚約解消だぞ、本当に」

低い声でサエコはつぶやいた。

そんな心の声が届いたのか、翌日、

「友だちで預かってくれる人がいるかどうか探している」

と彼からＬＩＮＥが来た。友だちにまで迷惑をかけるのかと、情けなくなったが、少しはやる気になったのだなとほっとしていると、数日経って、

「一人目もだめ、二人目もだめ、三人目の連絡を待っているところ」

とＬＩＮＥが来た。サエコからの返信は、

「ええ、私は偉いです。で、あなたは？」

サエコの言葉に彼はしばらく黙っていたが、

「友だちのところも、うまくいかないんだよ」

と他人事《ひとごと》のように愚痴をこぼした。

一人目の友だちは地方の高校に通っていたときの同級生で、地元の大学に進学し、結婚して親の建設会社を継いでおり、親が住んでいる広い敷地内の一角に、家を建てて住んでいた。そこで彼が連絡をして事情を説明すると、

「使っていない八畳間があるから、そこだったら置けるかも」

といってくれて期待したのだが、妊娠中の奥さんが、のちのち子どもが増えたときに、その部屋を使う可能性があるのだから、そのときに預かったものを引き上げてくれる確約はあるのか、先方はそれでもいいのかを聞いて欲しいといったという。

「それは、そうだわね」

サエコは淡々といった。彼の地元は東京から飛行機で二時間近くかかるので、車で大事な品々を運んで往復するというのも大変だ。そして何より、友だちの妻が控えめながら反対しているではないか。

「だから一人目はだめになった」

彼はぼそっといった。

二人目のプラモデル店で知り合った友だちは、気持ちをわかってくれそうなのと、奥さんの実家所有のマンションに住んでいて、そこも広いと聞いていたので、久しぶりに彼にも連絡してみた。すると彼には幼稚園児を筆頭に、双子を含めて男の子が三人生まれていて、

「壊してもいいのなら預かるよ」

といわれた。彼の大事なコレクションの一部も、今は男児三人のおもちゃになっているらしい。

「いつか諦めなくちゃならないときがくるんだよ。だって、たくさん持っていたって、あの世まで持っていけないんだぜ」

そう彼にいわれたという。

「それは、そうだわね」

サエコもそういうしかなかった。

そして三人目の友だちは独身なので、何とかスペースを空けてもらえないかといっ

たら、

「おれ、ガンプラに全然、興味がないのに、どうしてそんなショーケースごと、預からなくちゃならないの？　お前、結婚するんだったら、もうちょっとちゃんとしろよ」

といわれてしまったと、悲しそうにいった。その友だちのところには、ネコが三匹いるので、物はなるべく置かないで、室内を自由に走り回れるようにしたいのだといわれたという。

「それは、そうだわね」

やはりサエコはそれしかいえなかった。みんなそれぞれ都合があるのである。彼らだって自分たちの暮らしのために、必要なもの、好きなものを買ったり、頃合いを見て処分したりを繰り返しているのだ。二人目、三人目の友だちがきっちりといってくれてよかったと、サエコは悲しそうな彼の声を聞きながら、大きくうなずいていた。

「どうしよう」

「知りません」

「困ったなあ」

「お疲れ様でした」

サエコは一方的に電話を切った。

彼と同じように好きなものを集めてコレクションをしている人は、それを中心に生活を考えているだろう。サエコは何が何でもコレクションを手放せといっているわけではない。彼が望んだ状態にするには、手放さざるを得ないのに、それをしようとしないから、腹が立つのだ。自分は彼のコレクションには興味はないが、他人が大切に思っているものに対しては、自分が本が好きなのと同じように尊重したい。彼が望んでいることと、やろうとしていることが一致しないところに腹が立つ。おまけに自分には本を減らせといったくせに、彼自身はやろうとしない。またサエコは怒りがぶり返してきた。彼が自分を生涯の伴侶と思ってくれたのはうれしいし、その気持ちもありがたかった。でもそれだけでは、現実を生きていけないのだ。

またしばらく彼からは連絡が途絶え、会社でもサエコの周辺をうろつかなくなった。二人が揉めていると知っている同僚は、

「大丈夫？　まさか別れたわけじゃないでしょうね。うまく話は進んでいるの？」

とますます心配してくれるようになった。

「決定的な言葉はお互いにいっていないので、大丈夫だと思うんだけど」

サエコがそう答えると、

「ええっ、そうなの？　困ったわねえ」

と当事者のように顔を曇らせた。サエコは自分に関することなのに、まるで他人事のような気がしていた。

のらりくらりとしていた彼も、さすがにこれ以上は無視できないと思ったのか、友だち三人に拒否され怒られてからは、コレクションの受け入れ先を積極的に探すようになった。飾るのは諦め、サエコに勧めた保管サービスも検討したが、破損が怖いので丁寧に梱包してから預けることを考えると、箱の中に詰め込めない。そのうえサエコの本のときと同じように、月に何万も払わなくてはならないのがネックになり、それらのサービスは諦めた。

次にヨシノリは独身の弟に電話をかけた。弟は会社の独身寮に住んでいて、そこが二部屋あるといっていたのが、頭の中に残っていた。彼もプラモデルが好きで、二人でよく近所のおもちゃ屋に買いに行っていた。弟ならわかってくれるだろうと連絡す

ると、

「そんな場所、ないよ」

と即座に断られた。どうしてかと聞くと、すぐにスマホに画像が送られてきた。まるで自分の部屋かと見間違えるくらいに、部屋いっぱいの棚に、プラモデルがずらっと並んでいた。並べるのにショーケースを使っているかいないかの違いしかなかった。

「お前のところもそうなっているのか」

「当たり前だよ。スペースがあったら、こうなるよ。安い棚を買ってきて、自分で組み立てて作ったんだよ。そっちはどんな感じなの」

弟に聞かれたので、画像を送ったら、

「あーあ」

とだけいわれた。

「何だよ、『あーあ』って」

「そうなったら、もう終わりだろ。まるで店みたいじゃない」

「そりゃそうだよ。前のアパートで地震に遭って、大事にしてたのが壊れちゃったんだよ。レアなやつ。またそうなるのはいやだから、こうしたんだよ」

「うちでもちゃんと固定してるよ。店みたいにきれいに飾っていると、よけいに手放せなくなっちゃうよね」

弟に冷静にいわれた彼は、何もいえなくなった。

「サエコさんに何かいわれてんの?」

もちろん弟も彼女のことは知っている。ヨシノリが事の顚末《てんまつ》を説明したら、

「彼女がちゃんとやってくれたのに、自分は知らんぷりなんてできないでしょ。そりゃあ、怒るに決まってるよ」

という。もちろん彼は反論できない。

「じゃあ、お前だったらどうするよ」

自分が不利になって、逆ギレ気味になった彼は弟にたずねた。

「うーん、おれだったら、彼女と相談のうえ、処分するかな。捨てるっていうんじゃなくて、ネットのフリマで売るとか。もちろんとても大事なものは残しておくけれど、そうじゃないものは手放すよ」

冷静に話すのを聞いているうちに、ますます腹が立ってきた彼は、

「それが、現実になるとなかなか決断できないんだよ。お前は頭の中で想像しているだけなんだよ」

といってやった。しかし弟は、

「優柔不断だったからなあ、プラモを買うときもさあ」

といいはじめた。

弟は、一緒に買い物に行っても、自分は欲しいものをある程度決めて店に行くので、すぐに買うプラモを決められたが、あんたはいくつも箱を並べて、ずーっと悩んでいたといった。小学生のときの記憶が蘇ってきた。たしかにひとつに決められず、悩み続けているうちに、悲しくなって目に涙があふれてきたことが何度もあったのだった。

「性分なんだから、しょうがないんじゃないの。でも今回のことは、兄ちゃんがよくないよ。彼女はちゃんとやってくれたのに、自分はやらないなんてまずいでしょ」

それは十分わかっているが、できないから困っているのである。弟と話していても、事態が好転しないのは十分に理解したので、

「わかった。じゃあ」

と電話を切った。

「はーい」

という弟の無邪気な声にも腹が立った。

こうなったら後は親にすがるしかないと、ヨシノリは考え、実家に電話をかけた。

母が出て、明るい声で、

「いろいろと準備で大変でしょう」

とうれしそうだった。まさか自分のせいで、婚約解消とまでいわれているなどと、とてもじゃないけれどいえないので、

「ああ、まあ、そうだね」

と言葉を濁したあと、

「お願いがあるんだけど」

と切り出した。

「どうした？　何？　お願いって」

母の声のトーンが変わり、不安そうな雰囲気が伝わってくる。それを感じさせまいと、なるべく明るく、

「うちにある荷物、今度、住む部屋に全部は入らないんだよ。だから預かってくれないかな」

といってみた。

「荷物？　あんた、そんなに荷物持ちだったたっけ」

そういって母は黙った。彼が住んでいる部屋に、母は何度も来た。そのときはまだショーケースは買っておらず、ガンプラやフィギュアは本棚や机の上など、平たいところに所狭しと並べていたのだった。それを見た母親は、もちろん彼を褒めるわけでもなく、

「おやおや」

といっただけだった。

「ほら、部屋にたくさんあったじゃない」

「ああ、あのプラモデルやお人形」

「うん、まあ……、人形でもいいけど、その数が多くて入らないんだよ」

「たくさんあったものね。何であんなにたくさんあるのかって、びっくりしたわ」

「うん、だからそれが入らないんだよ」

「それはわかるけど、それをこっちでどうするわけ？」

「うーん、だから預かって欲しいなって」

胸をどきどきさせながら、母からの答えを待っていると、

「何で？」

としか返ってこなかった。何でっていわれてもと、彼はあせりながら、

「ないんだよ。預けるところが」

と説明した。すると母は、段ボール箱に詰め込んで、しまっておけばいいじゃないか、そしてお金はかかるけど、預かってくれる個人用の倉庫みたいなものもあると聞いたという。しかし彼は箱に詰め込むのも、金銭的にも、それが難しいと話すと、母は、

「だいたいね、子どもみたいに、いつまでもおもちゃを大事にしているのがおかしいのよ。本当に大切なものって、数が少ないんじゃない？　これから二人で新しい生活をはじめるんだから、さっさといらないものは捨てちゃいなさいよ」

といいはじめた。

「それができないんだよ」

ため息まじりにいうと、

「情けないわねえ。自分のものも片づけられないの」

と呆れられてしまった。彼はいかに自分のコレクションが大切なものかを滔々《とうとう》と説明したが、聞き終わった母は興味なさそうに、

「はーん」

といい、

「本当にいるものだけ持って行くか、がんばって広い部屋に住めるようになるかのどちらかですね。こんなことでぐずぐずしていると、サエコさんに逃げられるよ。まあ、がんばってください」

といって電話が切れた。彼にとって可能性のあるすべての道が断たれてしまった。

そんな報告を受けたサエコは、相変わらず、

「それは、そうだわね」

としかいわなかった。彼も電話をかけてきたくせに口数が少なく、鼻息だけしか聞こえてこない。ここで沈黙を埋めるために、自分があれこれ話しかけるのも疲れると思い、サエコはずっと彼の鼻息を聞くしかなかった。

「あのう、大変申し訳ないんですけれど」

丁寧な口調で彼が切り出した。

「はい、何でしょう」

「あのう、そちらの実家で預かってもらえないかなあ」

「えっ、ええっ、うちの実家っていうこと?」

「そうです」

何をいい出すのかとびっくりした。

「それだったらヤマダくんから連絡してくれる？　私がいうことじゃないから。電話番号、知ってるよね」

「はい、知っています」

「この件については、私はノータッチなので。両親と相談してください」

「あのう、間に入ってもらうことはできませんか」

「私が?」

「そうです」

「それはできません。きちんと私の親と話し合って決めてください」

そういって電話を切った後、サエコは、

（よくもそこまで救いの手を求めたものだ）

と呆れつつ感心してしまった。

結婚して何年も経っていて、義理の両親とも何度も顔を合わせているのならともかく、ろくに会ってもいないのに、そんな人たちにまで頼るなんて、よっぽどコレクションを手放したくないのだなと思ったら、笑いさえこみ上げてきた。しかし同居かコレクションか、どちらかを手放さなければならない。サエコは、自分は仲介しないといったので、両親にも連絡をしなかった。すると次の日の早朝、母から電話がかかってきた。

「ヤマダくんが、プラモデルとかを預かってくれっていってきたけど、あれは何？」

サエコが笑いを堪《こら》えながら、事情を説明すると、「はあ？」と全部は理解できないようだったが、父と相談して、基本的にはお断りしようという話になっているという。

「それでいいわよ」

「自分の親ならともかく、義理の親にまで頼むっていうのはよほどだと思うんだけど。でもちょっと変だよね。これから二人で一緒に暮らそうっていっているのに」

そうなるかどうかはわからないというと、また話が複雑になるので、それは黙っていた。「断っていいから。それが彼のためだし」

「そうだよね、悪いけど今回はお断りするって連絡しておくわ。でも何で？」

母は完全には理解していないが、とりあえずは納得したようだった。

彼は意気消沈していた。

「婚約解消はしないけれど、このままでいましょう。何かを手放さないと、新しいものは手に入らないからね。ヤマダくんは欲張りね」

彼はサエコの提案を呑んで、別居婚を承諾するしかなかった。新居の解約金などは彼に支払ってもらった。彼の両親からは丁寧なお詫びの言葉もいただいたが、結果的にはサエコが希望していた状態に落ち着いた。

「いつまでこういった状況が続くのかな」

彼はぽつりといった。

「それはヤマダくん次第でしょ。あなたがその気にならない限り、そして私たちの給料が上がらない限り、ずーっとこのままです」

きっぱりとサエコがいい渡すと彼は悲しそうな目をして、

「絶対に無理……」

と泣きそうになっていた。この人はこれから歳を取ったときに、いったいどうなるのか。彼はこのまま何があっても、何十年もコレクションを抱えて生きていくのだろうか。楽しみなような情けないような、複雑な気持ちでサエコは小さくため息をついた。

今度はいったい何が起こるのだろうかと考えながら、トモミは新幹線に乗っていた。これから彼女は実家に帰る。実家で暮らしているのは、七十二歳の母だけだ。三歳違いの兄は、結婚後に転勤があり、現在は家族と遠方に住んでいるので、簡単に呼び寄せられない。なので新幹線で一時間の距離に住んでいるトモミを、母は呼び出すのだった。七十二歳はまだ若いと思いながらも、帰るたびに前屈みの角度が大きくなっているような母を見ると、トモミは、「今度こそいってやろう」と考えてきた文句を、ぐっと飲み込むしかない。

父は銀行員で、トモミが高校生のときに、突然、倒れてそのまま亡くなった。葬儀などの段取りは、歳の離れた母の姉である伯母がやってくれた。伯母は、

「あの子は私よりもひと回り年下で、みんなにかわいがられて、何でもしてもらって

いたから、その癖がついているんだよ」
と苦笑した。母は学生時代に父と見合いをし、卒業してすぐに結婚したので、会社に勤めた経験はない。父が亡くなった後も、贅沢をしなければ、働かなくても大丈夫といい、家にずーっといた。トモミとしては、少しでも外に出て気晴らしをすればいいのにと思っていたが、母は積極的に友だちを作るタイプでもなく、時折、声をかけたりしてくれていた伯母が亡くなってからは、家に引きこもったままになってしまった。

そんな刺激のない生活を、母がこのまま十年、二十年と過ごすのを想像すると、トモミは恐ろしくなり、この前に実家に帰ったときに、自腹でスマホをプレゼントした。使い方を教えると、何とか最低限の操作は覚えてくれたので、連絡が来るようになった。しかしそれは最初の頃だけで、現在連絡があるのは実家の固定電話からである。「スマホがあるのに」といっても、「あんなのが電話とはとても思えない。用事があったら、この電話で済むのだから、自分には必要ない」という。使っていないものに対して、ローンで代金を支払っている身にもなってみろといいたいが、金額を知ったら余計にもったいないとかいって、使わなくなりそうなので、黙っているしかなかった。

「今回は何があることやら」

前回は、せめて車内で駅弁でも食べたいと、以前、目をつけていたものがあったので、それを食べて実家に帰った。

「ご飯を食べるでしょ」

といった母に、駅弁を食べたといったら、ものすごく機嫌が悪くなり、ずーっと、

「トモミと一緒にご飯を食べるのを、楽しみにしていたのに……」

と恨みがましくいわれ続けた。目の前に母が作ってくれた手料理があるのだったら、申し訳ないと思うけれど、並んでいたのは近所のスーパーで買ってきた、ローストビーフ、サラダ、サンドイッチで、母が作ったものはひとつもなかった。そのときの恨みがましい目つきや文句を思い出しながら、コーヒーを飲んで窓の外を眺めていた。

実家は新幹線の駅からバスで二停留所の場所にあるので、旅情というものはない。この前に呼ばれたときの母に起こった問題は、向かいの奥さんが、自分の家の前だけではなく、うちの前も掃除してくれるのだけれど、私が何もしていないようでみっともないので、やめて欲しいというにはどうしたらいいか、だった。「自分の気持ちを

そのまま伝えればよい」といったら、

「いえるわけないじゃない」

と小声になった。

「うちの前がきれいだったら、奥さんは掃除をしなくていいわけでしょ。お母さんが汚くしているから、掃除をしてくれているんじゃない？　お母さんが掃除をしていれば済むことでしょ」

そういったら急に機嫌が悪くなった。それからしばらくの間、拗《す》ねて口をきかなくなった。面倒くさいので放っておいたら、

「私だって体の具合が悪いときもあるわよ。ちょうどそのときは、毎日、強い風が吹いていて、掃除をしても無駄だと思ってしなかっただけ」

などとぶつぶつと弁解をしはじめた。トモミは、

「ああ、そうですか」

といって後は黙っていた。そしてそのときは実家には土曜日の夜に泊まり、日曜日の朝に帰ってきたのだった。今回も仕事が忙しいなか、ゆっくり休みたいのに呼び出されたので、すぐに戻りたい。でも年々老いる母に対して、冷たすぎるかなとも思う

のだ。

実家に帰ったとたん、

「今回の御用事はなんですか」

とトモミがたずねると、

「いやあねえ、帰ってきて早々。ゆっくりお茶くらい飲みなさいよ」

といって母は、ペットボトルの日本茶とコップ、スーパーやコンビニで売っているお菓子を食卓に並べた。そして頼みもしないのにテレビを点けた。トモミはお菓子の包みを開け、ペットボトルのお茶を飲みながら、

「今回の御用事はなんですか」

と再びたずねた。テレビ画面に目をやっていた母は、

「この人、全然、老けないわね。やっぱりいろいろとやってるのかしら」

とトモミに向かっていうでもなく、ひとりごとでもない音量でいった。

「あの年齢でこんなに皺がないなんてありえないから、そりゃあ、いろいろと手を尽くしているでしょう。職業的に必要なんでしょ」

「そうよねえ、私もそう思ってたのよ」

母はうれしそうだ。トモミは心の中で、

（私はわざわざ、その人が顔をいじっているかいないかをいうために、実家に帰ってきたんじゃないんですけど）

といいながら黙っていた。

違う種類のお菓子を三個食べた後、

「今回の御用事はなんですか」

と聞いた。すると母は、

「んー」

とうなった後、

「あのね、ちょっと自分ではできないことがあってね……」

といいはじめた。自分を呼びつけた正当な理由があるのであれば、娘として協力したい。すると母は黙ってすっと立ち上がり、部屋を出ていった。しばらく待っていたが戻ってくる気配はない。

「どうしたの？」

トモミも部屋を出て声をかけると、

「こっち、こっち」

と声がする。トモミの兄が子ども部屋として使っていた、廊下の奥の四畳半のほうから聞こえるので、廊下を歩いて行った。

襖《ふすま》が閉まった部屋の前に母は立っていた。

「なに？　どうしたの？」

襖と母の顔を交互に見ていると、母は黙って襖を開けた。

「えっ、どうしたの、これ……」

目の前の光景を見て、トモミは言葉が出なかった。窓のシャッターを閉めた部屋の中が、放置されたままの家具と、積み上がった段ボール箱でいっぱいになっている。

「こんなふうなの」

母は部屋の電気を点けた。

「こんなふうって、えっ、カップ麺の箱？　あ、こっちは缶詰。カレーもあるの？どうしたの、こんなにたくさん」

お腹をへこませ、つま先立ちになって、隙間を移動しながら、トモミは確認した。

「すごい量じゃない。もらったの？」

母は黙っている。

「買ったの？」

母は子どもが親から叱られて白状するような、上目遣いになってうなずいた。

「なんで買ったのよ、こんなにたくさん」

段ボール箱を右手で叩きながら、トモミは母を問いただした。

「ずいぶん前に大きな地震があったでしょ。それから全国のあちこちで、大きな地震が続いているじゃない。ほら、ついこの間も南のほうであったでしょ。いつここにも大きな地震がくるかわからないから、非常食を買っておこうと思って」

という。

「まあ、それはわかるけど。それにしても、こんなにはいらないでしょう。どうしてこんなことになっちゃったの？　あら、奥のほうにはちゃんと一人用の非常食セットもある。あっ、十箱も。これ一週間分って書いてあるじゃない。それに……、一箱は賞味期限が切れてる。どうして食べなかったの？　スーパーで買わないで、これを食べきればよかったじゃない」

トモミが怒ると、母は、

「うーん」

と不満そうにうなった。

「こっちから食べればよかったっていってるの」

「買ったのを忘れてたから、仕方がないじゃない」

忘れたといえば、すべてがうまくおさまると思っているらしい。そんな態度を見たトモミは、怒りがこみ上げてきた。

「賞味期限が違う非常食セットがいくつかあるわよ。買い足していったんでしょ。食べもしないのに」

「だって、それを食べるような大きな地震はここにはこなかったから」

「こういうものは地震があったら食べるわけじゃないのよ。賞味期限が切れるまえに、食べるんです！　地震がこなくても！」

ローリングストックなどといってもわからないだろうから、トモミはただただ怒った。

「へーえ」

母は淡々としている。はじめて聞いたというふうな態度に出てきたので、トモミの怒りは一段高いレベルになった。

「いったいなにがどれくらい、ここにはあるのかしら」

体をなるべく細く保ちつつ、室内を移動して調べた結果、賞味期限が切れた二リットルのペットボトル入りミネラルウォーター四十八本に、各種缶詰、レトルトカレーの二十四個入りは、賞味期限まで一年以上あったので、トモミはほっとした。これまで実家に帰っても、母はこんなに溜め込んでいるなんていわなかったし、自分も兄の部屋など見ないので、このような状態になっているなんて気がつかなかった。

「そしてこの、なんですか、カップ麺の多さは。一日にいくつカップ麺を食べるんですか？　それも同じ種類ばっかり」

母は叱られた子ども状態で、上目遣いで黙っているだけだ。

「どうしてこんなに溜め込んだのかしらねえ」

トモミがため息をつきながら、カップ麺の箱を数えたら三十三箱もあった。賞味期限がまだまだ先なのが救いだった。

「どうしたの、これっ！」

思わず大きな声が出てしまった。

「それがね、この間、たくさんきちゃってね、困ったなあと思って……」

「それで私を呼んだの」

母はうなずいた。トモミはもう一度、深くため息をつき、

「どうしてこんなことになったのか、説明していただけますか」

と静かに聞いた。

母がいうには、とにかく地震が多いので、怖くてたまらない。食事ができなくなるのがいちばん困るので、思いついたときに、非常食や、そのかわりになりそうなものを買い込んでいた。飲料水など箱詰めのものは、近所のスーパーマーケットの店員さんが運んでくれて、室内に積んでくれたのだそうだ。

「親切にしてもらってよかったわね」

ご近所さんとの交流がない母は、どうやって生活しているのかと、気になっていたが、懇意にしているスーパーの人たちが、いろいろと助けてくれているようだ。

「まとめて買うと、ちょっと安くしてくれるのよ」

「ああ、それはよかったねー。で、このカップ麺はどうしてこんなことに?」

母がぽつぽつと白状したところによると、つい先日、他所《よそ》で大きめの地震があり、

非常食のなかにカップ麺があればいいと思いついて注文しようとした。そのとき、トモミがスマホでの物の買い方を教えてくれたのを思い出し、今度会ったときに、スマホで物が買えたと自慢しようと、カップ麺を売っているサイトを見てみた。すると箱と二個のカップ麺の画像があったので、ああ、この箱は二個入りなんだと三箱を買った。ところが届いてみたら、三十三箱あったというのだった。

「はあ？」

トモミが母が買ったというサイトを確認すると、たしかに箱のところに二個のカップ麺が置いてあったが、それは画像のためのデザインで、一箱十二個入りとちゃんと書いてあるではないか。

「どうしてそんなことになったんですか」

「うーん、三箱にしたつもりが、指が震えて三十三箱になっちゃったみたいなの」

「カップ麺を六個、買うつもりがいくつになったの。えーっ、三百九十六個もあるじゃないの」

「そうなんですよ」

「そうなんですよ、じゃないです！」

サイト側から、親切にも個数の確認の電話があったらしいのだが、母は自分のミスだといえず、

「その数が必要なんです」

と嘘をついたらしい。配送のお兄さんも親切で、この部屋まで運んで積み上げてくれたのだそうだ。

「わざわざ確認してくれたのに、どうしてそういうつまらない見栄を張るんですか！」

またまた母は上目遣いである。

「で、私にどうしろと」

柱によりかかり、腕組みしながらトモミは聞いた。

「私も歳を取ってきたしね、重い箱の上げ下ろしはできないでしょ。だから整理したいなって」

「ああ、そうですか。わかりました」

トモミはまずミネラルウォーターの箱を開け、それらを少しずつキッチンに運び、段ボール箱を畳んだ。

「念のためにこの水は沸かして使いなさいよ。このままで飲まないように」

次に賞味期限が切れた非常食の箱を引きずり出して、同じくキッチンに置いた。

「カップ麺はどうしますか。一箱十二個入りですけど」

「一箱だけとっておきます」

母は小さな声で返事をした。

「わかりました。残りをどうするかは、後で考えます」

トモミはカレーのレトルトや缶詰の箱も開け、それぞれ二、三個を取り出して、

「目につくところに置いていたら、ストックがあるのを忘れないでしょ」

と食器棚のところに持ってきた。

「ああ、それはいいわね」

といった母の言葉に、

(それはいいわね、じゃないよ)

と腹の中で文句をいいながら、黙ってガラス戸のところにそれらを並べた。もしこうやっても、また新しいものを買い足したとしたら、母の頭は相当、危ないと警戒していい。

「今日の晩御飯は、在庫処分ですからね。買ってくるんじゃありませんよ」

「えーっ、お鮨を買ってこようと思っていたのに」

「だめです。あなた一人でいたら、絶対に在庫処分なんかしないでしょ。賞味期限が切れるまで溜め込んだのは自分なんだから、責任を取りなさい」

責任を取れといわれたのが不満だったのか、

「そこまでいわなくたっていいじゃない。ただ忘れていただけなんだから」

と文句をいってくる。

「だからそれがだめだっていってるんです。捨てるんですか？　食べ物を。あなた、食べ物は大切にするようにって、いわれて育った世代なんじゃないですか。私はあなたから、食べ物は粗末にするんじゃないっていわれて育ちましたよ」

反論できないトモミの言葉に、どんどん母は不機嫌になっていった。彼女を追い詰めているのはわかったが、この状況を見たら、トモミはこのくらい強くいってもかまわない気持ちになっていた。

それからの母は無口になって、トモミがなにを聞いてもなにもいわなくなった。

「拗ねたんですか？　娘を呼びつけておいて、拗ねるんですか。拗ねたくなるのはこっちですけどね」

立場が悪い母はそっぽを向いて、庭から目を離さなくなってしまった。

母を詰めているうちに、今まで我慢してきた言葉が吐き出せて、トモミはちょっとすっきりした。いいたいことをあまり心の中に溜め込むのもよくないのがわかった。母は不愉快になったに決まっているが、自身の行動が原因であることを自覚してもらいたかった。重大な問題ならともかく、母の無自覚な行動のせいで休みを反古《ほご》にして実家に戻らなければならない、こちらの立場にもなってもらいたかった。

非常食の残りの箱は、賞味期限までまだ何年もあったので、そのまま兄の部屋に残し、キッチンに持ってきた非常食の箱を開けて、中に入っているものをテーブルの上に置いた。缶詰を開けたらそのまま食べられる御飯、レトルトパックのリゾット、総菜の缶詰、缶入りのパン、小豆と餅のおやつまであった。

「あら、すごい品揃えじゃないの。これにスーパーで野菜サラダでも買ってきたら、完璧じゃないの」

トモミが庭をずっと眺めている母に向かっていうと、ちらりとテーブルの上を見、そしてじっと見た。ちょっと興味を持ったらしい。

「筑前煮や肉じゃがまであるわよ。今までスーパーで買ってたみたいだけど、これを食べていれば食費が一週間分、浮くわね」

非常食のセットもお金を出して買ったのだから、別に得はしていないのだけれど、お金をポケットやバッグに入れてあったのを忘れ、ある日、それを見つけてとても得をした気分になるのと同じようなものだ。

「サバ缶やツナ缶も箱買いしてあるし。しばらくスーパーで買わなくてもいいんじゃない」

母はテーブルに近づいてきて、

「あら、こんなものまで入っているのね」

と缶詰の御飯を手に取った。

「開けてみれば」

そういったトモミは、もしかしたらプルトップを引く力がないかもと、母の手元を見ていたが、問題なく開封できた。

「見て。炊き込み御飯になってる。あら、お肉も入ってる」

母は開けた缶詰をうれしそうに見せた。

「へえ、豪勢ね」

母は箸を持ってきて、ひと口すくって食べた。

「どう？」

「おいしい。ちゃんと食べられる。レンジでチンしたら、もっとおいしいかもしれない」

「それじゃ、晩御飯はそれを食べましょ」

トモミがそういうと、母はテーブルの上の総菜缶やスープなどを眺めながら、

「ちゃんとしたものが入ってるんだ」

と感心していた。トモミは、

（中身を調べないで買ってたんですか）

といいたくなったが、やっと機嫌が直ったので黙っていた。母はテーブルの上で食品を選びながら、

「晩御飯は、これと、これと、これと……」

と選んでいた。そして残りのレトルトなどを調理台の上に並べた。

「これだと忘れないね」

母はにっこり笑った。

「そうね、いつも目の前にあるものね」

トモミはさっき、溜まっていた怒りにまかせて、母を詰めてしまったのを反省した。たしかに自分勝手にいろんなことをやり、その尻ぬぐいのために娘を頼ってくるのだけれど、こちらがうまく彼女に対処すれば、ちゃんと理解するのだ。ただ今のところ、の話だが。

「あのね、食器棚の下の引き戸のところを整理すれば、缶詰が入るかもしれない」

母が指をさしたので、いわれたとおりに開けてみると、使われていない密閉容器などがごちゃごちゃに突っ込まれていた。

「それ、使ってないからいらない」

私に片づけろという意味だろうと、トモミは床に座って、中に突っ込まれているものを取り出した。大小の明らかに劣化の激しい密閉容器、兄とトモミが使っていた弁当箱。中高生のときのものだけではなく、子どものときの、ドラえもんの絵がついているものまで取ってあった。もちろんどれも使い古されて、プラスチックの部分がすべて濁り色になっている。

「これ、全部、捨てますよ」

「はい、どうぞ」

なにが、はい、どうぞかと呆れつつ、自治体指定のゴミ袋に、二十個以上もあった、密閉容器、弁当箱などを入れた。

「空いたところに缶詰が入るよね」

母の声に押されるように、食品が溜め込まれた部屋に入っていったトモミは、結局は母に都合よくこき使われるのだなと諦めた。

サバ缶、ツナ缶が二十四缶ずつ入った段ボール箱を抱えて食器棚の前に置き、封を開けて棚の中に入れると、まだスペースがある。カッター片手に再び部屋に戻り、焼き鳥缶、ほたて缶、桃缶、ミックスフルーツ缶を適当に何缶か取り出して、棚の中にぴったり収まるようにした。

「あらー、そんなものまであった」

母はトモミが抱えてきた缶詰を見て、驚いていた。

「ありました。まだたくさんございます」

「あらー、そうなの」

母はこの件に関してはずっと他人事だった。

誰も使っていないとはいえ、兄の部屋をシャッターが下りたままにはしたくないので、少しでもスペースを確保するために、残りの缶詰をひと箱にまとめ、側面、上側に太い油性ペンで、中になにが入っているかを書いておいた。そして窓の鍵を開けてシャッターを上げると、風が入ってきた。トモミはふうっと息を吐き、このよどんだ空気がすぐに入れ替わるように、畳んだ段ボール箱で、中の空気を外に追い出した。

キッチンに戻ると、母が新しいお茶のペットボトルを開けようとするので、

「なにやってるの」

と思わず声を上げた。

「トモミが一生懸命にやってくれて、喉が渇いただろうと思って」

母はきょとんとしている。

「だからさっきいったでしょう。ほら、ここに何本、ミネラルウォーターがあるの?」

トモミが床に置いたボトルを指さすと、

「あっ、そうだった」

と首をすくめた。こんな大きなものが目の前にずらっと並んでいるのに、どうしてわからないのかと首を傾げるしかない。

「お茶の葉くらいあるでしょ。どこ?」

トモミが食品が入っている棚を探していると、背後から、

「えーと、右側の缶の中だったかなあ。忘れちゃった」

と声が聞こえた。その缶を開けると、日本茶ではなく、味つけ海苔が入っていた。母に聞いてもらちがあかないと、トモミが棚に置いてある籠や缶を片っ端から開けていくと、下のほうにあったおかきの缶の中に、日本茶ティーバッグが箱に入って五個だけ残っていた。賞味期限は明日だ。もちろん賞味期限を超えたとしても、すぐに食品に影響があるわけではないが、これはきっちり伝えなくてはと、

「ぎりぎりで救出したわよ。これから何日かはこれを使って」

とティーバッグをテーブルの上に置いた。

「あらー、こんなものがあったの。へえ」

初めて見たかのようなリアクションだった。この人は今までにも、買っていたのに忘れていた食品を放置していた可能性がある。そしてある日、それに気がつくと、どうしようもなくて廃棄する。でも世代的にうしろめたいので、その日のうちに食べきれるものをスーパーで買うようになり、天変地異のときのために、非常食、日持ちす

る食料品を買い込んだものの、それも忘れている。

お茶を自分が淹れると、記憶に残らないだろうと、母に、

「お茶を淹れて」

と頼んだ。彼女はペットボトルを持ち上げようとしたが重かったらしく、床に薬缶《やかん》を置いて、そこにペットボトルを傾けて水を注いでいた。どうせ煮沸するのだから、衛生面などの細かいことはどうでもいいと、トモミはなにもいわなかった。急須にティーバッグとお湯が入れられた。

「はい、どうぞ」

母娘で向かい合ってお茶を飲んだ。

「ちゃんと飲めるわね」

母がひと口飲んでいった。

「当たり前でしょう。これからお茶を淹れたり、お湯を使うときはこのペットボトルの水を使うのよ。わかった？」

トモミが念を押すと、

「何度もいわなくても、わかってるわよ」

とむっとした。

「本当？　私が帰ったらまたスーパーに行って、あれこれ買い込むんじゃないの？」

「そんなことはないわ。でもスーパーの人にはお世話になっているから、全然、行かないのもねえ」

「ほら、やっぱり行くんじゃない。そうだ、お茶のティーバッグを買っておけばいいわ。しばらくはお茶のペットボトルを買うのは禁止よ。このままペットボトルを置いたままにしておくわけにはいかないんだから」

母は黙っている。飲料水のペットボトルはなんとかなるが、問題は大量のカップ麺である。すでに母の分は確保したので、残りの十二個入り、三十二箱をどうするかが問題だ。ご近所さんと懇意にしていれば、配ることもできたかもしれないが、突然、近所に住んではいるが、親しくしていない人がやってきて、カップ麺をくれたとしても、向こうも迷惑に違いない。

「そこが問題なの。なにか考えてよ」

またまた他人事の発言をする母に苛立ちながらも、トモミもどうしたものかと考えた。どうせなら一度に捌《さば》けたほうがいいしと、近所の人たちを思い浮かべていると、酒店のおじさんが思い当たった。彼は少年野球の監督で、息子さんもコーチをしていて、子どもたちが集まってくる。酒店だったら置く場所もありそうだ。

「ちょっと行ってくる」

トモミはお茶を飲むのもそこそこに、スマホでカップ麺の箱が積んである画像を撮影して、酒店に走った。

声をかけるとおじさんが奥から出てきた。名字を名乗ると、

「ああ、はいはい」

とわかってくれたので、事情を説明すると、

「なんでそんなにたくさん？」

と不思議そうな顔をした。トモミが画像を見せながら、

「どうでしょう。ただで引き取っていただけませんか」

と頼んだ。彼はただで、というところに恐縮していたが、トモミの懐が痛むわけではないので、

「とにかく引き取っていただけさえすれば、こちらは大助かりなんです」

と何度も頭を下げた。すると、喜んでいただきたいといってくれた。

「ああ、よかった」

トモミはほっとしたが、おじさんのほうは、うれしいけれども、なんでこんなことになったのか、納得できなかったかもしれない。しかし承諾してもらえればこっちのものと、トモミはとにかくすぐに話をまとめてしまおうと、引き取る段取りを相談したら、すぐに軽トラックで来てくれるというので、急いで家に引き返した。

家に帰ると母はのんびりと茶を飲んでいた。十分ほどしておじさんが引き取りに来てくれると、いそいそと出迎えて、

「助かります。どうぞみなさんで召し上がってください」

などとワントーン高い声でいい、すましている。おじさんは台車でカップ麺の箱を運び出しながら、

「こんなにねえ、どうしたのかねえ」

と小声で何度もいって帰っていった。

三十二箱がなくなって室内はすっきりした。

「ちゃんと窓も開けて、風を入れてね」

トモミがそういいながら母を振り返ると、しまったという顔をして、

「そうだ、トモミの分も一箱、とっておけばよかった。一箱返してもらおうか」

などという。それを聞いたトモミは、

「あんたは本当になにもわかってないね」

と声を荒らげた。「まったく、まったく」という言葉が体の中に充満し、母娘は再び険悪な雰囲気になったのだった。

夫の部屋

アイコの夫が入院することになった。少し体調が悪くなり、かかりつけの病院に行ったところ、先生が、

「うーん、入院して検査をしたほうがいいような気がするけれど……。通院で様子を見ようかなあ」

などと考えている様子だったので、アイコはすかさず、

「入院にしてください」

と頼んだ。そのとき夫は、いつものように女性の看護師さんにちょっかいを出していて、先生とアイコの会話は聞いていなかった。

この男は、周囲に女性がいると、声をかけなければ気が済まない性格なのだ。それも、

「今日のナース服はピンクなんですね。お似合いですよ」

など、どうでもいい、しょーもないことばかりいうのである。看護師さんたちも、
と適当にあしらってくれているのだが、夫は相手にしてもらっただけで、うれしそうな顔をするのだ。

「入院ですってよ。わかりました?」

「あー、はいはい」

「えっ」

声をかけると夫はにやついた顔からまじめな顔になってこちらを向いた。

「検査入院ですから。何事もなければすぐに退院できますよ」

そういう先生の横から、アイコは、

「古稀《こき》目前だし、このところ疲れ気味だったから、ゆっくり休めばいいわよ」

と口を出した。

疲れ気味といっても、その理由は、朝晩のウォーキングのときに、自分よりも若い女性たちと一緒に歩こうとして、無理をしていることだとアイコは知っていた。ある朝、二階の窓から見ていたら、家を出た直後、家の前の緑道を歩いている女性を見つ

けると、ものすごい大股で追いつき、つかずはなれずの距離を保ちながら歩いていった。目をつけられた女性には、とても気持ち悪い思いをさせているだろうし、アイコは心から詫びつつ、

（無礼なことをしたら、どうぞ殴り、蹴り倒してください）

と念を送っていた。ウォーキングをしている女性たちからは、絶対に迷惑がられていると、アイコは確信を持っていた。夫のせいで、ルートを変えたり、ウォーキングをやめてしまったりした女性もいたかもしれないと、考えれば考えるほど、申し訳なくてたまらなかった。

夫と見合いをしたときは、こんな人だとは思っていなかった。短大を卒業した後、三回見合いをしたが、最後に会った五歳年上の今の夫は、勤めている会社が高給なうえに安定していたし、本人の性格が明るいところも気に入って結婚した。ところがデートのときはそうではなかったのに、結婚後、二人で出かけたり、のちに娘のナオミを連れて外出したりしたときに、必ず周囲の女性に声をかけるようになった。最初は女性に何か聞かれたか、用事があるのかと見ていたのだがそうではなく、ただそこにいる女性に、あれやこれやと声をかけるのだ。

たとえば駅の改札口に立っている女性がいると、夫はアイコとナオミを置いて早足で歩いていき、

「何かお困りですか」

と声をかける。ほとんどの人がいいえと答える。すると、

「ああ、そうですか。それならばよかった」

とにっこり笑って手を上げて戻ってくる。声をかけられた女性は、ぽかんとしているのだが、アイコが「すみません」というかわりに、何度も頭を下げると、向こうも納得しないまま、首を傾げつつ頭を下げてくる、ということを何回もやってきた。

その駅の周辺をよく訪れていて、見知っているのならまだしも、はじめて来たくせに声をかけるのである。

「どうしてそんなことをするの」

アイコが聞くと、

「あの人、困っているみたいだったから」

という。

「あなたも何も知らないんだから、役になんか立たないでしょう」

「そんなことないよ」

「みっともないから、やたらと声をかけるのはやめて欲しいわ」

アイコが怒ると夫は黙った。

家族で外食をするために、事前に場所を調べ、絶対に迷いようがない店に行く途中の一本道でも、女性が歩いていると、必ず、

「○○はこちらでいいんですよね」

と何度も声をかける。みんな親切に、

「そうですよ」

と応対してくれると、満面の笑みで、

「ありがとうございます。ああ、よかった。助かりましたあ」

と明るくいって手を上げるのだ。その後ろを恥ずかしさでいっぱいになりながら、アイコはナオミの手を引き、何度もお辞儀をしてついていくしかなかった。

ナオミは成長すると、父のそんな行動がいやだと、一緒に外出しなくなった。娘と一緒に歩いているときも、周囲の女性に話しかけまくるという。

「恥ずかしいんだよう。いくらいってもやめてくれないんだ」

娘の言葉を聞いて、困ったものだとアイコはため息をつくしかなかった。

女性と接触したくてたまらない夫を見ていると、まさか会社でよからぬことをしているのではと疑問がわいた。会社の運動会のときに、同じ部署の女性が何人か集まっているのを見て、

「うちの夫、女性の方々に失礼なことをしていませんか」

と聞いてみた。すると、

「声は毎日かけてもらいますが、触られることなんかないですよ」

とみんなが笑いながら否定するので、ちょっとだけ安心した。

しかしナオミが中学受験で忙しく、ほぼ毎日、進学塾の送り迎えをしていたときに、夫の不倫疑惑が持ち上がった。アイコはまったく気がつかなかったのだが、ナオミが帰りの車の中で、

「あの人、最近、変じゃない？」

といいはじめた。小学校低学年まではお父さんと呼んでいたのに、高学年になってからは、あの人と呼ぶようになっていた。

「変って何？　もともとちょっと変だけど」

「それはそうなんだけどさ、女の人と遊んでるんじゃないの」

「ええっ？　そうなの？」

アイコは思わずハンドル操作を誤りそうになった。

「なんか怪しいよ」

もう一押ししてきたので、アイコはスピードを落とし、路肩に車を駐めた。

「どうして？」

助手席に座っているナオミを見ると、塾でもらった模擬テスト用紙に目をやりながら、「携帯でさ、こそこそ話してるんだよ。『大丈夫、大丈夫、わかるわけないから、今度はいつ会えるの』なんていってるの。それで猫なで声っていう言葉、覚えちゃった」

という。

「ええっ、本当？」

アイコはハンドルを持つ手が震えてきた。

「ああいう人だよ、あの人は。すぐに女の人に声かけるしさ。節操がないっていうの？」

小学生の娘から、「節操がない」という言葉を聞くとは想像もしていなかった。

「私は三つも塾に通わせてもらってるし、中学だって国立でも私立でも好きなところに行けばいいっていわれてるし、恵まれていると思ってるよ。お母さんは一生懸命、朝早く起きてお弁当を作ってくれたり、今日みたいに夜十時過ぎても、迎えにきてくれたりして大変なのに。あの人が働いているのはわかるけどさ、女の人と遊んでるなんて、ひどくない？」

ナオミはちらりとアイコを見た。一重まぶたの目が怒っていた。自分はさておき、ただでさえ受験をするのはプレッシャーになっているはずの娘をこんな気持ちにさせる夫が許せなくなった。

「ごめんね」

思わずハンドルにしがみついて泣いてしまったアイコに、ナオミは、

「私は平気だよ。あんな人だと思っていたから。でもお母さんがかわいそう」

アイコの頭の中では、夫をグーで殴りまくっている図が浮かんできた。そしてきっぱりと、

「ナオミちゃんは何も心配しないで、受験勉強をしていればいいのよ。お母さんがち

ゃんと行きたい学校に行けるようにしてあげるから、心配しないでね」

といった。ナオミはボブへアを揺らして、

「わかった」

とうなずき、またテスト用紙に目を落とした。家までの帰り道、アイコのはらわたは煮えくりかえっていて、

(いったいどうしてくれよう)

とそればかりを考えていた。

結局、アイコは夫には何も問いただされずに、知らんぷりをする日を続けた。娘は大事な時期だし、生活の面ではまったく問題なく暮らしているし、下手に突っついて大事にするよりも、知らんぷりのまま事をやり過ごしたほうがいいのではないかと思った。手をかけて作った料理に対して、夫が、

「これはいまひとつだね」

とか、せっかく料理を作って待っていたのに、

「食べてきた」

などといわれると、こちらが握っていることをいってやろうかと思ったが、口まで

出かかった言葉は飲み込んでいた。

月曜日の夜、晩御飯を食べている途中、彼の携帯に電話がかかってくると、母娘は無関心を装いながら、お互いに目配せをした。

「ああ、どうもどうも、お世話になっております。はあ、あっ、そうですか？　問題が。それはまずいですねえ。すぐにですか？」

わざとらしくいいながら、夫は席を立って、廊下に出て行った。

「女からだよ」

小声でナオミがいった。アイコは顔をしかめたものの、二人は味噌汁のお椀を持ったまま、そしらぬふりをしていた。

「いやー、まいった、まいった」

携帯の電源を切りながら、夫が戻ってきた。

「仕事先にミスを指摘されちゃってさ。これから先方のところに行かなくちゃならなくなった」

「これから？　七時半だけど。家にいるのに呼び出すなんてひどいわねえ」

アイコも夫の嘘にのっていると、

「面倒くさい人なんだよ。ちょっと顔を出して謝ってくる」

ジャージから着替えるために、ダイニングキッチンから出ようとすると、ナオミが、

「その会社、どこにあるの？」

と聞いた。アイコが夫の様子をうかがっていると、下町にある駅の名前をいった。

「へえ、なんていう会社？」

ナオミがしつこく聞いた。

「ええと、えーと、『たかはしや』」

（たかはしや？）

アイコは不審の目で夫を見た。もちろんナオミもである。二人の視線を浴びた夫は、

「あっ、早く行かなくちゃ。じゃあ」

と慌てて部屋を出て、ネクタイを結びながら走って家を出て行った。

「ばっかじゃないの」

ナオミが軽蔑しきった声でいった。

「よく家族の前で、あんな嘘がいえるね」

アイコもおかずのコロッケの味が、一気にわからなくなった。

「相手の人、たかはしっていうのかな」

ナオミが不倫相手に興味を持っているのがわかった。

「さあね、口から出任せかもしれないわよ。相手の名前なんかいうかしら。たかはしさんって多い名字だし」

「そうだね、あれだけじゃわからないね」

二人はテレビをつけ、ちょうど流れていたお笑い番組を観て、小さな声で笑いながら食事を終えた。その夜、夫が帰ってきたのは、十一時過ぎだった。ナオミは自分の部屋にいて、アイコも自分の部屋にいて、帰ってきた気配はあったけれども、特に出迎えることもせずに寝たふりをしていた。

翌朝、いつものようにナオミのお弁当を作っていると、夫が起きてきた。

「昨日はまいったよ。謝りにいったらすぐに許してくれたのはいいんだけど、その後、飲みに連れて行かれちゃってさあ」

パジャマ姿のまま、聞いていないことをべらべらとしゃべりはじめた。アイコは料理の手を休めずに、背後からの声に、

「ああ、そう」

と適当に返事をしていた。そこへボブヘアが爆発したナオミが起きてきた。何も知らない夫が、

「おう、おはよう」

と声をかけると、黙って横を通り抜けようとする。そのとたん、

「うっ、香水くさい」

と顔をしかめた。

「えっ」

夫の声と同時にアイコも包丁を持ったまま振り返った。彼はあせりながら自分の腕や体の匂いを嗅ぎ、

「えっ、そんなことはないだろう」

と首を傾げていた。

「くさい、くさい、香水くっさーい」

適当な節をつけて歌いながら、ナオミは風呂場に歩いていった。

「ええっ、そうか？　ん？」

夫は自分の体を嗅ぎまくった後、

「匂いがするか？」

とアイコに聞いた。

「するような、しないような気がするけどね」

そっけなくアイコは返事をした。

無事にナオミは第一志望の中学校に入学でき、アイコもほっとした。しかし夫の不倫疑惑は晴れることはなく、ナオミが「絶対に尻尾をつかんでやる」と息巻いているのが、どうしたものやらと悩ましかった。アイコが何の行動も起こさないのを見たナオミからは、

「お母さん、我慢していいことと悪いことがあるんだよ。これからの女の人は、黙ってちゃいけないんだよ。自分がされていやなことは、ちゃんといやだっていわないと、世の中は変わらないいんだよ」

といわれた。アイコはたしかに親が勧めるまま、見合いをして結婚し、特に仕事を続けたいとも思わず、結婚したら家庭に入るものだと疑っていなかった。夫の浮気についても、女性には手当たり次第に話しかける癖はあるものの、そこまではやらないだろうと信じていた。しかし現実は違ったのだった。

何か月か経った頃、夜にナオミが小走りになって、

「ほら、見て」

と夫の携帯電話を持ってきた。ふだんは夫が背広のポケットに入れていて、家で普段着に着替えても、ジャージのポケットに入れるので、自分たちは彼の携帯電話を手にすることはない。しかしその日はたまたま夫が風呂に入っている間、忘れたのかどうかは知らないが、食卓の上に置いたままになっていたという。ナオミが示した画面には、「ルミ」と名前のあるメールが表示され、

「次はいつ会えるのかな。いつも私の欲しいものを買ってくれてありがとう。次はもっといいバッグをおねだりしようかなって、考えていますので、よろしくね」

とあった。

「こいつだよ、ルミっていう女だったんだ」

「こら、『こいつ』というのはやめなさい」

母娘で小声でそういい合いながらも、アイコの目はそのメールに釘付けになった。

夫からルミへの返信メールには、「いつも美人でかわいいね」「新しい髪型、似合ってるよ」「ルミちゃんと歩いていると、みんなが振り返るから鼻が高いよ」などという

言葉が並んでいた。

「うえーっ」

一行目を読んだナオミは気持ち悪そうに声を上げ、そして父親のメールをすべて読んだ後は、

「ひょおお」

と変な声を出していた。

「びっくりね」

アイコはため息をついた。

「やっと尻尾をつかんでやった」

ナオミは得意げだ。

「どうして暗証番号がわかったの？」

「生年月日だよ。あの人のやることだから、単純に決まってるじゃない」

とナオミはまた得意げな表情になった。ルミという女性の存在はわかったが、それをどうするかが今後の難題だった。

「ああっ、あの人をいじめてやりたいっ」

ナオミは右手に携帯を持ったまま、左手の拳を握りしめた。うすうすわかってはいたものの、「ルミ」の存在を知ったとたん、アイコの頭は混乱してきた。もちろん腹は立っていたけれど、自分のことよりも娘のナオミに対して申し訳ない気持ちのほうが強かった。しかし当の娘は、怒りはしているけれど、落ち込む様子はなく、結構、面白がっている。それがアイコにとっては救いだった。

「ナオミちゃんはどうしたらいいと思う?」

「どういう人か知りたいけど、まあ、どうでもいいかな。あの人がこっちに戻ってきたとしても、お母さんが面倒くさいだけじゃない? お金だけもらって好きにさせておいたほうがいいかもしれないよ」

中学生にこんなふうに諭されるとは想像もしていなかった。アイコは、

「そうよね。急にこっちを向かれて、まとわりつかれても、面倒くさいわね」

とうなずいた。するとナオミはその携帯電話でメールを打ち出した。アイコが驚いていると、

「『きみとはしばらく会えない』と。これでよし」

と送信してしまった。

「これで面白くなるかも〜」

そういいながらナオミは元あった場所に携帯電話を置き、丁寧に手を洗って自分の部屋に戻っていった。

(えーっ、どうしたらいいのかしら)

それまではただの夫の携帯電話だったのに、今はそれが食卓の上で異様な存在感を醸し出していた。

二人でメールを見たのが気づかれるとまずいと、ルミに送ったメールを削除し、アイコはする必要のない、シンクの掃除をはじめた。風呂から上がった夫は、食卓の上に携帯電話があるのを見て、一瞬、ぎょっとした表情になったが、すぐにジャージのポケットにねじ込んだ。その後は夫が家族の手が届くところに、携帯電話を置かなくなったので、ルミとどんなメールのやりとりをしているのかはわからなくなった。

もとから父を小馬鹿にしていたナオミは、最初の頃は不倫問題に興味を持っていたものの、年齢を重ねるうちに何の関心もなくなったらしく、とにかく父と関わり合うことを避け続けていた。高校生になって、珍しく夫が家族で遊びに行こうと誘っても、間髪を容れず、

「行かない」

ときっぱりと返事をしてそっけない。

「せっかく誘ってやっているのに、どうしてそんな態度なんだ」

と夫が怒ると、

「自分の胸に手を当ててみれば～」

といい残して自分の部屋に入ってしまう。そういわれた夫はどうするのかとアイコが見ていると、ただ棒立ちになっているだけだった。何もなければ、

「どういうことだ」

と反論してくるだろうが、何もいわないところを見ると、まだ相手との関係は続いているはずとアイコは察した。

そしてナオミは大学の法学部を卒業、大学院を修了して、弁護士事務所に就職した。そのとき夫はアイコとナオミに、

「今までよくがんばってくれたから、二人にプレゼント」

と満面の笑みを浮かべて、ハイブランドのバッグを買ってきた。彼の前で二人はとりあえず礼をいい、喜んだふりをしたが、ナオミは小声で、

「これって、ルミちゃんが気に入らなかったものの横流しじゃないの」

とアイコに耳打ちしてきた。

「そうかもね。でもそうじゃないかも」

夫をかばうわけではないが、アイコが素直に自分の考えをいうと、ナオミは、

「どっちにしても問題が多いよね」

と相変わらず呆れていた。このバッグ二個で、これまでの母娘に対する裏切りを清算しようとしているのなら、ふざけた話だとナオミは怒り、バッグはすぐにフリマサイトで売ったといった。

就職したナオミは家を出てひとり暮らしをはじめた。それとほぼ同時に、夫の帰りが早くなった。アイコがそれを指摘すると、

「もうこの年齢だから、閑職に追いやられているんだよ」

といった。夕食の準備をしていて、買い忘れた食材があり、急いで買いに出ようとすると、

「いや、おれが行ってくるから」

と出て行く。またスーパーにいる女の人に、片っ端から声をかけまくるんだろうな

と思うと、恥ずかしくてたまらなかった。

六十歳で会社を定年退職した夫は、ずっと家にいるようになった。健康のためというよりも、女性と話すためのウォーキングは続けていたが、ラジオ体操は高齢者ばかりで若い女性がいなかったらしく、すぐにやめてしまった。同じように、隣家の方からグラウンドゴルフにも誘われたが、こちらもメンバーが高齢者ばかりとわかったとたんに断ったらしい。何であってもそこに自分より若い女性がいないと、やる気が起こらない体質なのだ。

家でじっとしていても、同じ顔をした妻しかいないので、つまらないのはわかるが、夫が女性と会話をするために、家を出てあちこち歩き回ったり、出かけたりするのには、心からうんざりさせられた。今日はどんな女性に声をかけ、そしていやがられているのかと想像すると、身が縮む思いがする。とにかくいやがられている自覚がない夫に腹が立つ。かといって家にいられるのも鬱陶しい。アイコは夫の存在が鬱陶しくてたまらなくなってきた。

ナオミが司法試験に合格したとき、

「私はお母さんをはじめ、我慢している女の人たちが、どうしたらスムーズに離婚できるかを考えて、法学部に興味を持った」

　といわれて、親として娘にこんな思いをさせていたのかと、心から申し訳なかった。知らんぷりをしていたのは、最善策だったのだろうか。娘が積極的に父の不倫問題を突っついて面白がっていたふうを装っていたのも、母の心中を慮《おもんぱか》ってのことだったのではないかと、何ともいえない気持ちになった。それと同時に夫への怒りが再燃してきた。

「お母さんは養ってもらっているからって何でも許すの？」

　娘からの問いかけは、何も考えてこなかったアイコにとっては、厳しいものだった。夫の素行だけではなく、自分の生き方も突きつけられている。

「これからあの人が歳を取って、介護が必要になったらどうする？　夫の不倫をずっと黙認し続けて、夫のおむつを替えて終わる人生でいいの？　へたをしたら本当にそうなっちゃうよ」

　ナオミにいわれてぎょっとした。そういえば私は何をしてきたのだろうか。たしかに夫と娘のために必要なことはやってきたけれど、それは自分のためでもあると思っていた。しかし自発的に楽しみをみつけてきたかというと、そうではなかった。学生時代の友人は、旅行に出かけたりしていたが、家事を一生懸命やろうとすると、いつまで経っても終わりがないし、自分だけが楽しむことに罪悪感もあったので、彼女たちからの誘いを断っているうちに、誰も誘ってくれなくなった。

「そんな人生はいやだわ」

小さな声でアイコはつぶやいた。

「でしょう。何のために生きているのかわからないじゃない。妻としての面子《メンツ》をつぶされたのだから、もっと怒ってもよかったのよ」

真顔で訴えてくるナオミに対して、アイコは自分のなかで鎮めようとしていた怒りがまたまた燃え上がってきた。一度は脳内ではあったが、グーで夫を殴りまくったではないか。

「そうよね」

「そうよ」

母娘はお互いの目を見つめ合ってうなずいた。

そこへ夫の入院である。それを聞いたナオミは大チャンスと喜び、

「復讐のチャンスよ。積年の恨みを晴らすのよ、お母さん」

とアイコを焚《た》きつけた。

「もうすべて暴いて、目の前に突きつけて捨ててやりましょう。あの人の部屋にほとんど入ってないんでしょう」

「だって鍵をかけて会社に行くから、入れなかったのよ。掃除も自分でしていたから」

「不倫の証拠もあるだろうしね。いない間に洗いざらい調べ上げてやるわ」

ナオミはうれしそうに笑った。正義の人になった彼女は、曖昧な態度をとる母親が歯痒くてたまらなかったのだろうと、アイコは反省した。

入院に慌てたのか、夫の部屋の鍵は家に残されたズボンのポケットに入ったままだった。

「こういうところが抜けてるんだよね」

入院した当日、ナオミは仕事帰りにやってきて、夫の部屋の鍵を開けてくれた。アイコが開けるのをためらったからだった。

「しょうがないわねえ。そんなことで二の足を踏んでいたら、これから先、大変よ」

「そうね」

「両手を握ってぐっと力を入れて。お母さんは何ひとつ悪くないんだから、自信を持って」

「そうね」

気がつけば「そうね」しかいっていなかった。

八畳ほどのスペースの夫の部屋は意外に片づいていた。南側に腰高窓があり、壁には上部三分の二が棚、下の三分の一が引き戸になっている家具、机が置かれ、テレビが棚の中央に組み込まれていた。ドアの横には洋服ラックが置いてある。勤めているときは、アイコの部屋の隣にある、四畳半の部屋に洋服ダンスとラックを置き、そこに夫婦の服や季節外れの寝具などをまとめていたのだが、夫は会社をやめてからは、普段着を自分の部屋に置くようになっていた。

「絶対に私たちに見られてはまずいものがあるはず」

獲物を狙うような顔で、ナオミは棚に置いてある本を手に取った。そこにはビジネス書や自己啓発本、仕事で使ったのか専門書も並んでいる。

「本当に読んだのかしら、たくさん並んではいるけど」

ナオミは二、三冊をまとめてぐいっと引き抜き、確認しては元に戻した。アイコはそれをナオミの背後からじっと見ていた。

「ここよりも机にありそうだな」

ナオミは横長の引き出しに手をかけた。中からはパスポート、印鑑、銀行の通帳、卒業した大学から送られてきた書類、厚生年金の通知などが、きれいにまとめられていた。

「ふーん」

特に目を引くものが出てこないので、ナオミは不満気に、縦に四段並んでいる引き出しのいちばん下を開けた。

「こういうところに、いちばん隠したいものを入れるのよね」

彼女の肩越しにアイコがのぞくと、引き出しの中には事務用のファイルがいくつか積み重ねられていた。

「はい、これ」

ナオミはそのうちの一冊をアイコに渡した。一ページずつめくっていくと、最初は会社での報告書や、出張のときの覚え書きのメモだったりした。ところがあるページを見たとたん、アイコは、

「あっ」

と声をあげた。

「えっ、どうしたの？」

ナオミはアイコが指さした場所をのぞきこんだ。そこには熱海の旅館の前で、にっこり笑って腕を組み、二人でピースサインをしている夫と女性の写真が挟んであった。

「あの人、熱海に出張したことがあったよね」

「うん、あった」

「出張じゃなくて、この人と行ってたんじゃないの？　何なのよ、このピースサイン。ダサすぎる」

ナオミは首を横に振った。アイコは急いでエプロンのポケットから老眼鏡を取り出した。

「こういう女の人が好みだったんだ」

アイコは、屈託のない顔で笑っている、髪の毛を大げさにカールさせた女性の顔をまじまじと見つめた。

「この人がルミちゃんかしら」

アイコは娘のナオミが指で示した写真に、より顔を近づけた。彼女は目鼻立ちがはっきりしていて、大げさなカールのボリュームがあるヘアスタイルも、似合っていた。カラー写真はやや退色しつつあったが、彼女のオレンジ色のミニワンピースが目につく。白のワイシャツに紺色のズボンの夫とは対照的だった。

ファイルから写真を取りだして、裏を確認したナオミは、

「特に名前は書いてないね。これって見るからに、明らかに怪しい二人じゃない？」

ナオミが顔をしかめた。

「この二人が歩いていたら、誰もがそう思うわよね。出張っていってたから、私もそれ用にしか準備してなかったもの。替えのワイシャツと靴下くらいしか入れなかったし」

アイコが話すと、ナオミは眉をひそめ、

「そんなことまでしていたのっ」

と声を荒らげた。

「出張の準備はずっと私がやっていたけど」

「だから馬鹿にされるのよ、あの人に！」

ナオミが怒り出した。自分の仕事に関することなのだから、出張の準備くらい、奴にさせればよかったのだという。ずっとそのような習慣になっていたので、アイコは妻の務めだと当たり前のように考え、それが問題だとも思っていなかった。しかし正直に話すと、またナオミの怒りに火を注ぐ気がして、口をもごもごさせながら黙っていた。

「妻に出張の荷物の用意をさせて、そのあげく嘘をついて愛人と旅行なんてね。どこまで図々しいんでしょうか。そんな人と血がつながっていると思うと、本当に恥ずかしいわ」

ナオミの怒りは収まらない。

「そんなこといわないで。お父さんにもいいところはあるんだから」

とアイコは夫をかばった。

「口うるさくもないし、好きなようにさせてくれたのは、ありがたいと思っているけど、家族を裏切るというのはだめ。お母さんだってもっと怒らなくちゃだめよ。私も、夫に浮気された女性を何人か担当したけれど、もっと強気に出てもいいと思うのに、金銭的に生活が脅かされていないと、まあ、いいかですましそうになるの。そういうことをしているから、よからぬ男がつけあがるんです！」

　ナオミの演説をアイコは身を縮めて聞いていた。不倫を知ったときは腹が立ったけれど、それくらいいいかと考えてしまったのは事実である。ナオミにあれやこれやいわれると、自分はやっぱりおめでたい人間だったのかもと反省した。

　しかしこの写真を見ても、ナオミのように一直線に怒る気持ちにはならなかった。娘が職業柄か、正義の人になってくれたのはうれしいが、今のアイコは夫を吊し上げて問い詰める気にはならない。しかしどんなことをしていたのか、真実は知りたい。

「これ一枚っていうことはないはずだわ。他にも絶対にある」

　ナオミは他のファイルのページをこれまでの倍速でめくりはじめ、

「ほらあ、またあった」

とファイルから勢いよく写真を取り出して、机の上に放り投げた。新しいファイルをめくるたびに、写真が何枚も出てくるので、

「いったいどれだけあるのよー」

　とうんざりしながらページをめくっていた。アイコは指先が乾燥しがちで、うまくファイルのページがめくれないので、その役目はナオミにまかせ、机の上に次々に放

り投げられた写真をチェックしはじめた。最初の十数枚はオレンジ色のミニワンピースの人だったが、別の女性の写真も出てきた。

「ちょっと、人が違う」

アイコがナオミに告げると、

「ええっ、一人じゃないの？　ちょっと待って、このファイルで全部終わるから」

と最後の写真をアイコに手渡した。

母娘で写真を検分すると、オレンジ色のミニワンピースの他に二人、合計三人の女性の写真が、合わせて五十枚出てきた。それぞれ、名所旧跡で撮ったもの、室内での浴衣姿、裸のものもあった。

「くくーっ」

ナオミは声にならない声を上げ、アイコは声が出なかった。全員、特に目を惹くような美人ではないが、どの人も気がよさそうで、自分よりも体格がよくて胸とお尻が大きい。

「これを突きだして問い詰めよう」

ナオミはやる気満々だったが、アイコは、積極的にそういう気持ちにはなれないと話した。

　彼は七十歳近い年齢である。現在進行形で浮気が進んでいるわけではない。女性にむやみに話しかける癖はやめて欲しいけれど、と正直に話した。

「わかった。女の人に迷惑をかけないようにさせなくちゃね。ともかく全部、洗い出そう」

　ナオミは両腕をぐるぐる回しながら、棚にあるものを取りだして、床の上に置きはじめた。アイコは彼女から受け取った本や雑誌を、邪魔にならないように床に並べる係である。

「ただ並べるだけじゃなくて、ぱらぱらめくって、中に何が入っているのか調べるのよ」

　ナオミにいわれるがまま、

「はい」

と返事をして、次から次に床の上に置かれる本や雑誌のページをめくった。十冊ほど調べた後、専門書と業界雑誌の二冊の間から、「ルミより」と書いてある封書が二通出てきた。

「あっ」

「何？　何があった？」

ナオミが急いで椅子から下りてきて、アイコの手元をのぞきこんだ。黙って封筒を差し出すと、

「えーっ、ルミちゃんからじゃないの」

といいながらナオミは封筒の中を確認した。

「この間は素敵なネックレスをありがとう。今度、会うときにしていくからね。大好き。ルミより」

文面を読み上げた彼女は、

「ふんっ」

と鼻でせせら笑い、

「キスマークつき」

といいながら一筆箋をアイコに見せた。すでに口紅の油が周囲ににじんでいるが、真っ赤な唇の跡が見える。もう一枚は「素敵なイヤリングをありがとう」で、そちらのキスマークはピンク色だった。

「このなかの誰かしら」

アイコは再び写真を見はじめたが、裸の写真が下から出てきたので、ぎょっとして写真の束を裏返して床に置いた。

「ルミちゃんは誰かなんてどうでもいいから、とにかく証拠を全部、挙げてやりましょう」

ナオミはますます勢いづき、棚にあるものをすべて床の上に出した。そしてしゃがみながら、下段の引き戸に取りかかった。

「あっ」

戸を開けたとたん声を上げた。

「どうしたの?」

アイコがのぞきこもうとすると、ナオミが軽く制し、

「ちょっと刺激が強いかも」

という。

「また裸?」

「はい。それも動くやつです」

ナオミは、これだったらいいかな、とひとりごとをいって、一本のＤＶＤをアイコに見せた。「湯けむり」「熟女」という文字が目に飛び込んできた。全裸の女性が片膝を立てて桶から湯を肩にかけている写真が載っている。

「市販のものだから、これは罪はないですね。えーと、それがいちばんソフトな感じで、他にもいろいろとございます」

ナオミはＤＶＤを取りだして、ケースのタイトルがアイコに見えないようにして、積みはじめた。アイコも、他に何があるのと積極的にタイトルを見るのははばかられ、ちらりと見えた、「痴」「濡」「豊」「乳」「潮」という文字から、やはり知らないほうがよさそうだと判断した。

「まだ、あるのよ」

ナオミが手を伸ばして奥から取りだしたのは、小型のビデオカメラで撮影した、大量の８ミリカセットだった。

「ああ、懐かしいわ」

アイコは状況とは関係なく、素直に感想を漏らした。それはナオミもよく覚えていた。父がこのビデオカメラを手に、運動会の動画をたくさん撮ってくれた。家族で旅行をしたときも、必ずこのビデオカメラを持参して、景色や自分たちの姿を撮影していたのだった。

「買った当時は小さなビデオカメラがまだ珍しかったから、みんなにじろじろ見られて、恥ずかしかったわ。なかには自分も写り込もうとした人もいたわね」

思い出に浸っている母親をちらりと横目で見たナオミは、それには何も答えず、小さなため息をついて、カセットの手書きのタイトルを検分しはじめた。「幼稚園おゆうぎ会」は二本、「小学校運動会」は六本あった。中学校は二本だった。「京都」「北海道」「沖縄」「タイ」「オーストラリア」は家族旅行に行った場所で、一本のもの、二本のものがあった。しかし問題は内容を書いていないカセットだった。

他人に見られていいものには内容を書くが、そうでないものには何も書かないに違いない。ナオミはカセットのテープの状態を見て、それらが新品ではなく、明らかに使われているものだと判断した。何が録画されているのかわからない謎のそのカセットが、三十本もあった。女性たちの裸の写真を撮影したくらいだから、ここには彼女たちの同じような姿の動画が残されているのではないか。

「ビデオカメラが、どこにあるか知ってる?」

のんきに思い出に浸っている母に、ナオミは淡々と聞いた。

「知らない。どこにもなかったと思う。押し入れの整理をしたときも、見当たらなかった」

すでに本体は壊れて処分したか、あげたりしたのかもしれないと推測しつつ、ならばどうして見られないカセットをこんなに取っておいたのかと、ナオミは首を傾げた。

「やっぱりそこに小さいときのナオミの姿が残っていると思うと、処分できなかったんじゃないの」

アイコがまたのんびりというと、ナオミは、

「それじゃ、それだけ残しておけばいいのに、わけのわからない謎のテープがその何倍もあるのよ。小さい頃の私と浮気相手が、同等の思い出として扱われているのが許せない」

とまた怒った。アイコが「ひえっ」という表情になったのを見て、ナオミは黙って家の中から段ボール箱を見つけ出し、DVDと内容不明のカセットをそこに放り込んだ。

他にも家には再生可能な機器がないのに、VHSの市販のエロビデオが二十数本出

てきた。ナースもの、未亡人もの、エアロビクスインストラクターものがほぼ同数あった。その他にもカセットと同じように、内容が書かれていないVHSテープが二十本以上ある。

「どうしてこんなに……。これってもう見られないんでしょう」

アイコが驚いていると、ナオミは、

「執着があるんでしょう。こういうものに」

とつっけんどんに答えた。

「情けないわねえ」

アイコもさすがにため息をついた。

「こういったものを見る人がいても、それはいいの。家族を欺《あざむ》いておいて、何十年も平気な顔をしているところが許せないのよ」

正義の人はずっと怒っていた。

「そうですよね」

アイコはつい敬語になってしまった。

「だいたい、私の仕事での経験上、こういったテープの中身は、市販できないような男女の内容のものがほとんどなのです」

探偵のような口ぶりに、アイコは、

「そうなんですか」

とうなずいた。

「それを後生大事に持っているなんて、どうかしてるわ。どうしてさっさと捨てなかったのかしら」

相変わらず怒りが収まらないナオミに、アイコは、

「ほら、ゴミ袋が半透明になっちゃったじゃない？　だから捨てられなかったんじゃないの」

ナオミはどこまでものんきな母に、腹の中で、ゴミ袋が黒か半透明かの問題じゃないよと毒づきながら、

「捨てると決意したのであれば、どんな手段でも捨てられるはずでしょう。本人にその気がまったくないから、見られもしないカセットやビデオテープを抱え込んでいるのよ。おまけに愛人の写真や手紙まで。妻というものがいながら、いったいどういうつもりだったのかしらね」

最初からずっと怒り続けているナオミを見ながら、アイコは、困ったものだと下を向いた。たしかにショックといえばショックだが、本心は、「仕方がないなあ」である。妻としてのプライドはないのかといわれれば、なかったのかもしれない。しかしウォーキングをしている女性たちの後にくっついていくのだけは許せない。愛人たちはお互いに了承済みだが、ウォーキング女性に対しては、明らかに相手の了承は取っておらず、一方的に自分のエロな気持ちを押しつけているだけである。そして相手は絶対にいやがっている。

「私はね、ルミちゃんとその他の人については、もうしょうがないと思っているんだけど、ウォーキングをしている人たちや、看護師さんにどうでもいいことばかりをいうのは、本当にいやなのよ」

アイコが肩を落とすと、ナオミは、

「もともとナースが好きみたいですからね」

と憎々しげにいった。

「看護師さんのほうがうわてだから、うまくあしらってはくれているけど……。ナースステーションで噂になっているに違いないわ。恥ずかしくて情けない」

アイコは両手で顔を覆った。でも涙は出なかった。

ナオミは父親への復讐に燃えていた。それを見ながらアイコは、娘は天職を見つけたと確信した。これだけ熱意を持っていれば、問題を抱えて困っている人々から持ち込まれる、様々な事例に対しても、我がことのように考えて、対応してくれるに違いない。それは頼もしいのだが、その対峙する相手が、彼女の父親であり、自分の夫となるととても複雑な気持ちになった。

ナオミは怪しげなビデオ関係のものを、すべて段ボール箱に詰めた。最初はそんなに大きな箱を持ってきてと、アイコは呆れていたが、それらはぴったり中に収まった。

「これで棚の中はきれいになったわね。あとはまだ調べていない、ここにある本の中身を見なくちゃ」

床の一画を指さしながら、ナオミは床に両足を投げ出して座った。そこにあるのは、時代小説のシリーズもの、ブラックホールに関するもの、船舶の歴史、日本の歴史など、どれもずいぶん前に発売されたもののようで、本の日焼けがひどかった。アイコもナオミの向かいに座り、手近にある本をぱらぱらとめくった。中から紙が出てきてどきっとしたが、それはただの仕事先の電話番号だったり、ラーメン店の名前と住所だったりした。

中から何も出てこないほうがいいはずなのに、二人とも何も出てこないと、なぜかつまらなくなってきた。

二人は黙り、ページをめくる音だけが聞こえる。

「あっ」

ナオミが紙をつまみ上げた。

「えっ。何?」

アイコは思わず手にしていた時代小説の単行本を取り落とした。

「え、何、何?　また変なものが出てきた?」

紙に書かれたものを読んだ後、ナオミはその紙をアイコに見せた。

「シゲコからだって」

「シゲコ?　ルミじゃないの?」

差し出された紙の最後を見ると、ボールペンで「シゲコ」と署名があり、その横に小さな赤いハートのシールが貼ってあった。

「シゲコっぽい顔の人っていたっけ」

母と娘はファイルから見つけ出した写真をまた手に取り、シゲコらしき人物が誰かを推理した。アイコは、三人のなかでいちばん年長に見える、大きな花柄のワンピースを着ていたり、三段腹の裸体だったりした女性が、シゲコなのではないかと想像したが、ナオミは、

「いや、新たな五人目かもしれない」

と冷静にいった。

「えっ、まだいるの？」

アイコは出てきた紙に目を落とした。そこには「お店に来てくれてありがとう。お客さんでやさしいのはあなただけで、あなたが来てくれるとほっとする。最近、しつこいお客さんがいて困っているので、毎日、来てくれるとうれしい」などという内容が書いてあった。

「すばらしい接客テクニックですね」

ナオミがいった。

「えっ、そうなの？」

「そうに決まってるでしょう。こんなことをいわれて、ぽーっとうれしくなって、お

店に通っていたんでしょう。深い仲になっていたかどうかは、これだけではわからないけどね。お店だけでの関係ならいいけれど、問題は写真やビデオの人たちですよ。撮影した8ミリのカセットは確認できないけど、シゲコさんがそこに映ってる可能性もあるわね」

「えー、もう、いいわよ」

アイコは心底、情けなくなってきた。ほじくればほじくるほど、たくさんのものが出てきそうで、気分が落ちてくる。

ナオミは『日本の歴史』の、本能寺の変について書かれたページに挟まれていたその紙を机の上に置いた。そしてリットン調査団について記述されたページからは、「あとで若水でね　チエ♡」と書かれたメモが出てきた。この人は達筆だった。「若水」がどういう場所なのかはわからないが、あとで待ち合わせをしたことだけはわかった。ルミともシゲコとも違う筆跡だった。

「出ました、六人目」

「違うわよ、もしかしたら写真の人かもしれないじゃない。やたらと人数を増やさないで」

アイコはそういったものの、自分は夫の味方なのか、娘の味方なのかがわからなくなってきた。

ブラックホールの本からは、「あの夜の思い出」について書かれた便箋二枚が出てきた。相変わらず達筆でメモと同じチエと署名があった。

二人で本をすべて検分した結果、判明したのは、三人、あるいは最大六人の女性との関わりの証拠だった。

「写真の人たちが、ルミ、シゲコ、チエだったら、三人の名前が判明したことになるけど」

ナオミは彼女たちのメモや手紙、写真の束をじっと見た。

「せめてこの三人だけにして欲しいわ」

アイコはオレンジのワンピースがルミ、三段腹がシゲコ、いちばん豊満な人がチエ、と勝手に決めていた。この三人と名前が一致しない人が他に三人もいたら、本当に事は重大だ。

「三人だからいいっていうわけじゃないですからね。これは明らかに妻と娘に対する裏切り行為ですから、謝罪を求めたいと思います」

「今さら謝られてもねえ」

アイコは小さな声でいった。

「離婚するという手段もありますよ。できるだけ慰謝料をふんだくって、あとは私が面倒を見ますから、心配はいりません」

「それは、どうも」

アイコは思わずぺこりと頭を下げた。

「この先、こんな男性と暮らしていけますか？　亡くなるまで面倒を見られますか？　どうします？」

正直、それはいやだった。娘がそういってくれるのなら、考えてもいいかもしれないと思いはじめた。

「退院してきたら、私が吊し上げるので、まかせてください。きっちりやりますから」

ナオミはきっぱりといった。アイコはおとなしく娘のいうことを聞くしかなかった。

予定より早く夫は退院してきた。家でのすったもんだなど知るよしもなく、退院のときに複数の女性看護師さんに声をかけ、

「ありがとね。みんな美人だからハーレムみたいでさ、うれしかったなあ」

などといっている。彼女たちが苦笑しつつ、

「お大事に」

などと労《いたわ》ってくれるのを見ると、アイコは申し訳なさと情けなさがごっちゃになって、何度も何度も頭を下げた。

家に帰ると、夫は、

「ああ、やっぱり家がいちばんだな」

といつもの食卓の席に座り、うーんと伸びをした。

「全部、診てもらったし、これで安心だな」

何も知らない夫はいつもと同じだったが、秘密を知ってしまったアイコとしては、入院前の自分には戻れなかった。

「あとでナオミが来ますから」

「おお、そうか」

勘違いしている夫は喜んでいた。コーヒーを淹れてやったりするのも、実は腹立たしかったが、じっと我慢した。

三十分ほどでナオミがやってきた。

「お父さん、退院したぞ。元気いっぱいだ！」

ボディービルダーのようなポーズをしたが、ナオミは無視していた。それでも夫は笑っている。

（笑っていられるのも今のうちだわ）

アイコは娘が証拠の品を夫の目の前に並べたとき、どんな顔をするのかが楽しみになってきた。

そしてナオミが段ボール箱いっぱいに入った、怪しげなものを抱えて戻ってきた。

「何だ、退院祝いか？」

「うーん、そんなところかな」

ナオミが目の前にどんと置いた箱を見て、彼はぎょっとした顔になった。いちばん上に、「湯けむり」「熟女」「ナース」が、きれいに並べて置いてあった。

「どうしたんだ、これは」

「いない間に部屋を片づけました」

「どうしてそんな勝手なことをするんだ。親子とはいえ、プライバシーの侵害だぞ。

だいたいこれは、男がみんな見るものなんだ」

彼が怒りはじめた。

「別に悪いとはいってません。これはどうなのかって聞きたいです」

ナオミが食卓の上に、手にした女性三人の写真を叩きつけた。

「あっ」

彼は写真を見たとたん、大きな声を出して前のめりになった。

「何ですか、これは？　ひどくないですか。出張って嘘をついて、女の人たちと旅行をしていますよね。おまけにこんな写真まで撮って」

「ひゃあ」

彼は変な声を出してぐっと椅子を引き、知らない、知らないと首を横に振り続けた。

「女性の隣で、笑ってピースサインをしているのって、あなたですよね」

淡々とナオミは追及した。

「違う。ものすごーくおれに似ている誰かだ」

「それじゃ、なぜこの写真を持っているんです？　誰からこの写真をもらったんですか？」

彼はしばらく口をへの字にしていたが、

「お前たちはこんなことをして、おれをどうしたいんだ。馬鹿にして面白いのか」

と怒鳴りはじめた。アイコは夫がこんなふうに大声を出すのははじめてだったので、びっくりした。

「馬鹿になんかしていませんよ。私たちは真実が知りたいだけです。かわいそうにお母さんは何十年も騙されていたんですからね」

「騙してなんかいない。だいたいお前たちにひもじい思いをさせてきたか？　おれががんばってきたから、人並み以上の生活ができているんじゃないか。いいじゃないか、女の一人や二人」

「あのう、写真の人は三人ですけど」

「わあああああ」

夫は走って自分の部屋に入っていこうとしたが、すでに鍵は閉めておいたので、入ることができない。わあああという声が聞こえたが、なぜかまた戻ってきた。

「座ってください」

ナオミが促すと、おとなしく椅子に座った。それから娘からの尋問がはじまった。

写真の三人の女性はルミ、シゲコ、チエで、ずっと三人同時に交際していた。他にマリという人がいて、その人とは二晩くらいを共にした関係だったと白状した。

「そのとき、お母さんに対して、申し訳ないという気持ちはありませんでしたか」

「うーん、そのときは忘れていた」

「はっ？　結婚していることをですか」

「これはパチンコをするのと同じようなものなので……」

「そのたとえは、四人の女性に対しても、ものすごく失礼なんですけれど、自分が何をいっているかわかりますか？」

彼は首を傾げている。根本的に考えがずれているらしい。

「とにかくすぐにお母さんに謝ってください。そして軽々しく女の人たちに声をかけないこと。いやがられているのがわからないんですか」

「いやがられてる？　そんなことはない」

「そうなんですよ！　ものすごーく迷惑なんです！」

彼はまた黙った。そしてしばらくうつむいて考えていたが、アイコに向かって、

「本当に申し訳なかった」

と頭を下げた。反射的にアイコが頭を下げかけたが、ナオミがものすごい怖い顔で激しく首を横に振ったのでやめた。

「今後は女性に気軽に声をかけるのはやめて。私も子どもの頃からずっといやだったから。わかりましたねっ」

娘からの言葉にちょっとびっくりした顔をしたが、彼は黙ってうなずいた。

「箱の下に内容がわからない、録画された8ミリビデオもあるんですよ。見てみますか」

中身を開けようとしたナオミの手をふさぐように、彼は箱の上に覆い被さった。

「それでは私たちの目の前で、ゴミ袋に捨ててください。ここではDVDやカセットは可燃ゴミとして出せますから」

「どうしてそんなことをしなくちゃいけないんだ」

うめくように彼はいった。

「そんなものをずっと持っていて、どうするんですか？　どんなに大事なものか知らないけれど、あの世まで持っていけないんですよ。死んだ後、お母さんがそういったものの始末までしなくちゃいけないことを考えてよ」

ナオミが怒ると、彼は小さな声で、

「わかった」

とうなずき、

「このまま透けるゴミ袋に捨てるのは恥ずかしいから、新聞を持ってきて」

とアイコに頼んだ。

「そのくらい自分で取ってきなさいよっ」

またナオミが怒った。

「新聞はついこの間、回収に出しちゃったからないわ」

アイコの言葉を聞いた彼は、

「ああん！」

と訳のわからない言葉を吐き、

「とにかく紙、紙」

と、アイコがきれいだからと溜めていた、老舗の包装紙の束を見つけて持ってきた。格調高くデザイン性も高い包装紙も、こんなものを包むことになろうとは思わなかっただろうと、アイコとナオミは作業を見つめていた。

まずゴミ袋の中にナオミが写真を細かく破いて入れた。彼は厳重にエロDVDやVHSビデオ、カセットを包み、ガムテープでぐるぐる巻きにしてゴミ袋の中に詰めた。

「可燃ゴミの収集日は火曜日ですから、朝、八時までにちゃんと出しておいてくださいよ」

ナオミはそういい渡して部屋の鍵を渡した。彼は肩を落として自分の部屋に入っていった。ナオミが帰った後、夫婦の会話は最低限しかなかった。

火曜日、アイコが見ていると、夫はいわれたとおりにおとなしく、45リットル二袋に、目一杯入ったエロごみを持って家を出た。もしかして、こっそり中身を取り出そうとしているのではと、アイコが気になって後をつけると、案の定、途中で結び目をほどき、袋を開けようとしている。

「ちょっと、あなた!」

と声をかけると、びくっとして元に戻し、アイコが監視するなか、集積所に袋を置いてこちらに戻ってきた。ちょうどウォーキング中の女性が、後ろから彼を追い抜こうとしていた。そのとたん、夫は舐めるように彼女の全身に目をやり、まるで蛇が舌をぺろぺろしながら、獲物に近づくように、目をぱっちり見開き早足になった。

（本当にこの人はだめだ……）

アイコの彼に対するささやかな情も、見事に消え失せた。そして今後のことはすべて娘にまかせ、彼女と二人で暮らしていく道を選ぼうと決めたのだった。

本書は「小説幻冬」（二〇二三年二月号～九月号）に連載されたものです。

〈著者紹介〉
1954年東京都生まれ。日本大学藝術学部卒業。いくつかの仕事を経て本の雑誌社に入社し、84年『午前零時の玄米パン』でデビュー。『かもめ食堂』『たりる生活』『また明日』『老いとお金』『こんな感じで書いてます』、「パンとスープとネコ日和」「れんげ荘物語」シリーズなど、著書多数。

捨てたい人 捨てたくない人
2024年 3月 5日　第1刷発行

著　者　群ようこ
発行人　見城 徹
編集人　菊地朱雅子

発行所　株式会社 幻冬舎
〒151-0051 東京都渋谷区千駄ヶ谷 4-9-7
電話　03（5411）6211（編集）
03（5411）6222（営業）
公式HP　https://www.gentosha.co.jp/

印刷・製本所　中央精版印刷株式会社

検印廃止

Printed in Japan
ISBN978-4-344-04238-4 C0093

この本に関するご意見・ご感想は、
下記アンケートフォームからお寄せください。
https://www.gentosha.co.jp/e/